欢喜来过 人间值得

毛惠云 · 著

一本心灵疗愈之作

华中科技大学出版社
http://press.hust.edu.cn
中国 · 武汉

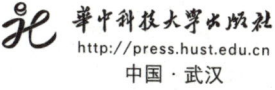

图书在版编目(CIP)数据

欢喜来过，人间值得/毛惠云著.-- 武汉：华中科技大学出版社，2025.4.-- ISBN 978-7-5772-1755-0

I.I267.1

中国国家版本馆CIP数据核字第2025TP6929号

欢喜来过，人间值得　　　　　　　　　　　　　　　　毛惠云　著
Huanxi Laiguo, Renjian Zhide

策划编辑：	崔昕昕　莫　愚
责任编辑：	崔昕昕
责任校对：	林宇婕
责任监印：	朱　玢
出版发行：	华中科技大学出版社（中国·武汉） 武汉市东湖新技术开发区华工科技园
电　　话：	（027）81321913
邮　　编：	430223
录　　排：	涿州一晨文化传播有限公司
印　　刷：	三河龙大印装有限公司
开　　本：	880mm×1230mm　1/32
印　　张：	7.875　　　插页：8
字　　数：	126千字
版　　次：	2025年4月第1版第1次印刷
定　　价：	49.80元

本书若有印装质量问题，请向出版社营销中心调换
全国免费服务热线：400-6679-118　竭诚为您服务
版权所有　侵权必究

序1 | 一句话

说人间不值得的人,许多已经拥有了值得的资本,无非是一种"凡尔赛";说人间值得的人,是真正在活着的过程中学会了爱。

序 2 | 一首歌

歌手蠢子在他重新开始幸福生活之前，发给了我一句话："他问我理想还在吗 / 我不知道 / 我只是唱歌时还会闭上眼睛 / 喝吧。"我把这句话延伸改写成了歌词，但是没有人唱过它。

嗨，理想！

吉他弦越来越涩
只能凭手把音乐触摸
听歌的人越来越多
却都是匆匆忙忙的过客

他问我理想还在吗
我不知道
我只是唱歌时还会闭上眼睛

我有多肆无忌惮
现在就有多怕犯错

我的畏手畏脚

和目空一切互相纠缠

他问我理想还在吗

我不知道

我只是唱歌时还会闭上眼睛

说人间事多

又说人间值得

其实都是

为了活着的岁月蹉跎

他问我理想还在吗

我不知道

我只是唱歌时还会闭上眼睛

我被人追捧

我又被人非议

我与自己陌生相对

却又彼此爱慕

他问我理想还在吗

我不知道

我只是唱歌时还会闭上眼睛

序 3 ｜ 一个故事

在你们阅读这些文字之前，我用一个自己在西藏徒步的故事做个序，如果你们看不下去，或者觉得不能引人入胜，就跳过去，看这本书里其他的字字珠玑。但是无论读与不读，它都在这里，如果你们能静下心来，也可以跟着转转这座非常艰难的山，得一些你们自己的体会。在这本书的结尾，同样我也讲了一些我在拉萨曾经的茶馆喜鹊阁里的故事，应该会令人意犹未尽。

西藏阿里徒步的故事：在路上，我不纠结

有几年，我特别喜欢带着朋友们在阿里最荒芜的地方徒步，近百公里，海拔5000米左右的徒步，徒步之后的每个人都黑成了岩石的颜色，心态也是，如同经历了一场涅槃，不是徒步的辛苦，而是每个人赤裸裸地看了一遍自己。

徒步之后大家才会迅速地喝醉，痛哭。而我，却憎恨着自己非比寻常的清醒。

其实每一次都很累，而且在某几个点上，重复着疼痛、不安、焦灼，想想最难挨的反而不是从海拔5000米到5700米的攀援，或者从海拔5700米到5000米的崖边直下，而是最后十公里，旷谷的风，一个人的路，走不到头的终点。

每一次，无一例外，但也越来越好，疼痛感减弱和消失，对一切熟悉了起来。甚至在最后十公里时我学会了散步，休闲，

像藏族人一样，躺在避风的草地上。这可能就是我在西藏得到的最有益的平和之心。

有一次徒步时冰雹突至，密密麻麻，小小的，像白色的米粒，我走着停了下来，感觉到了它们敲打帽檐的舒适度。这时我看到了一位藏族阿妈带着一个四五岁的小男孩，那小男孩开心地冲我笑，阿妈基本上一路背着他，我把我的登山杖送给了他们。看他们走远，我突然哭了，冰雹淋漓中，一个男人，想起了自己的母亲。

曾经一次徒步到最艰难的时候，一个平时开朗到能感染所有人的朋友哭泣地看着水洼，大声问：你还好吗？一个在自己的一亩三分地呼风唤雨的朋友在徒步结束喝醉后痛哭流涕，无法自持，说所有人看不起他。这世界上大多数人都有鲜为人知的纠葛、不为人知的隐私、广为人知的性格、深为人知的表象。成功的人是，不成功的人也是；有理想的人是，没有理想的人也是。

成长的过程就是学会接受，然后容纳，进而释怀。不接受，光容纳，是释怀不了的。只接受，不容纳也不行。但做到这一点又是那么的难。

在西藏徒步是一件颇具仪式感的事，可以让一切艰难困惑最后归结于闲适，不焦虑、不执意、不懊丧、不纠结。这个过程对人是一种身心的挑战。

一直以来我的徒步就是为山为路而去，直奔过去，然后回来，淡化所有。徒步的时候我不喜欢与人交流。沟通对于我并不是什么障碍，如果愿意，我可以让一个世界喧哗，然后独自隐去，但在路上的时候我并不是一个特别爱说话的人。我告诉许多人，这段艰难的路开始以后就成了每个人的旅程，结果也正是如此。

曾有一年和朋友一起六个人徒步，在夜色沉沉里，我用对讲机写了一段话：六个人的行程，踏着夜色匆匆，找不到想要的光明，只能在心里点亮了灯。六个人的行程，六个人的行色匆匆，六种不同的颜色，点缀在阿里的上空，经历了雨，经历了风，经历了没有月色的天空，经历了狂欢，经历了低沉，经历了威士忌那火烈的灵魂。六种不同的人，六种不同的境遇，六盏斟满酒的酒杯。每天喝一杯相同的咖啡，在河边，在山间，在无边无尽的云下边，我们点燃了自己所带的火，煮沸了人间的咖啡，飘逸在阿里不羁的上空。空中有雄鹰，空中有乌鸦，地上有牦牛，地上有羚羊，它们飞舞，它们跳跃，它们围绕在我们四周，庆祝着我们六个人一场挑战自我后的重生。

目录

第一章

那些并不存在的问题 / 001

倘若时间静止 / 003

不要做问题的制造者 / 005

到来和结束 / 007

一些非黑即白的道理 / 008

快乐的哲学 / 010

欢喜于每一个人 / 012

在拉萨夜色下穿着铠甲前行 / 013

灵魂之问 / 015

读书是灵魂最好的慰藉 / 017

我的孤独是一座花园 / 019

我在江湖拿书装刀剑 / 020

我与我行走的禅意相依为命 / 022

山顶上的思考 / 023

迷失的想象力 / 024

充实 / 025

第 二 章

聊聊云淡风轻 / 027

让烟花带走你的忧愁 / 029

很长的祝福，希望你不要吓跑它 / 032

光遇见就值得欢喜 / 033

烤茶时听到了风铃声 / 034

喋喋不休 / 035

谁在我们的屋子里 / 036

听得到的琴音 / 038

喜马拉雅的雪莲 / 040

人生最纯净的味道 / 041

禅修的断点 / 043

有生之年，花开花谢 / 045

谢幕的意义 / 047

第 三 章

窥解自我是和解的开始 / 049

与自己不期而遇 / 051

婴儿的啼哭 / 053

成长的量子定律 / 055

思考是唯一可以时时回头的马 / 058

夜行者不为所动 / 059

与一个朋友谈人生 / 060

豁然 / 063

普遍心理 / 064

失眠时的思想碎片 / 067

不要忘了祝福与幸福 / 069

由一棵白菜引发的思考 / 070

你品，你品，你细品 / 073

被粉饰的真相 / 076

第 四 章

与众人共处时我也在独自思考 / 077

人生若能适时初见 / 079

成住坏空 / 080

成人的交友：给他三次机会 / 082

童话的间隙 / 084

安静 / 086

行走的智慧 / 087

加过热的鸡汤 / 089

如果生活有灵魂 / 091

无能的智慧 / 093

冲击玻璃的鲨鱼 / 097

瓦尔登 / 098

秋日私语 / 100

自然的干净 / 101

第 五 章

有一些开朗必得豁然 /103

总有一种咫尺天涯的美感 / 105

成人的对话 / 107

成人的自由（一） / 109

成人的自由（二） / 111

成人的童话 / 113

成人的疑问 / 115

成人的宽容 / 117

成人的自省 / 119

成人的在意 / 121

以直视太阳的方式洞悉黑暗 / 123

不必经历 / 124

第 六 章

向万物问早安时心存美好 /125

逸着终会轻唱 / 127

早安，善恶 / 129

支点 / 130

凡事预则立，不预则废 / 131

相信，比判断更接近真相 / 132

格局杂谈 / 133

卸载 / 134

万物静默如初 / 135

不以底线论是非 / 136

慢慢 / 138

第 七 章

西藏时光里我在想什么 /139

今夜让文字愉悦时光 / 141

一月一日 / 142

我的月亮是昨日的时光 / 143

我们走过的所有生活 / 144

今夜行走的方式 / 145

在西藏,我放下了自己的时光 / 146

二月 / 147

羊卓雍措的奢侈 / 148

他们在三月 / 149

尘埃无须落定 / 150

灰尘之净 / 151

三月,我们与自己分道扬镳 / 152

三月,在音乐里安静从容 / 153

让我们谈谈春天的意义 / 154

含笑等待 / 155

第 八 章

珍惜善待生命中每一种遇见 /157

母亲是我生命的刻度 / 159

买一本书的原因 / 160

隧道 / 161

老相片 / 161

漂流瓶 / 162

抵达一个陌生城市的方式 / 163

不妄然 / 164

如细沙一般的时间 / 165

酣睡的快乐 / 165

如果给我三天黑暗 / 166

走进而不是感谢伤害你的人 / 167

有生命的石头 / 168

感谢坎坷 / 169

相处的方式 / 169

善待默始 / 170

新年的第一桶水 / 171

生活依旧 / 172

忌匆匆 / 173

梦与已知的所有事件无关 / 174

既已选择，何必纠结 / 175

屏蔽的智慧 / 175

屏蔽喧嚣，走向安心 / 176

若无其事 / 177

不要让失败的芒刺成为一生的横梁 / 178

暂逛 / 179

善为上，利为下 / 181

周全的善恶 / 181

下笔 / 182

初心 / 182

还不能放弃努力的原因 / 183

晨悟 / 184

呈现 / 184

欣喜于每一次遇见 / 185

纪念活着的意义 / 185

某天曾路过郑州 / 186

第 九 章

最后讲一个故事：孤独的人都在喜鹊阁 /187

孤独的人都在喜鹊阁（一） / 191

孤独的人都在喜鹊阁（二） / 194

孤独的人都在喜鹊阁（三） / 197

孤独的人都在喜鹊阁（四） / 200

孤独的人都在喜鹊阁（五） / 202

孤独的人都在喜鹊阁（六） / 206

孤独的人都在喜鹊阁（七） / 210

孤独的人都在喜鹊阁（八） / 215

孤独的人都在喜鹊阁（九） / 217

孤独的人都在喜鹊阁（十） / 220

孤独的人都在喜鹊阁（十一） / 222

孤独的人都在喜鹊阁（十二） / 225

孤独的人都在喜鹊阁（十三） / 227

结束语：别了，喜鹊阁 / 229

如果生命不疲倦，我怎么敢用心伤感 / 230

第一章

那些
并不存在的
问题

倘若时间静止

倘若时间静止

那些不可思议的事件

均与想象无关

那些疾速的驰骋

戛然而止

连同想要表达的重复

或者妄图回避的续延

倘若时间静止

所有的思考

也不能事与愿违

那些保鲜的花

那些正在逝去的流年

无休止的倾诉与执拗

在疼痛中的出生与死亡

倘若真有那么一刻

谁也无法感知

包括我

只有我刚斟满的红酒

在停顿时挥发而尽

不要做问题的制造者

人们制造了所有的问题，然后再致力于去解决它。这种乐此不疲就像猫一直在追着自己的尾巴，但这只猫一定不是薛定谔的那一只。反而薛定谔那只猫活得太久，在各种各样的举例说明里，俨然成精了。而听例子过着自己生活的人，则始终一头雾水，所以才会有人说：我听过了所有的道理，却依然过不好自己的人生。

其实薛定谔的猫以看穿生死的态度在那盒子里衣食无忧，嘈杂和争论的都是外面围观的人。说起围观，口罩像是一个栅栏，在里面的人想跳出来，在外面的人想跳进去。我不是指包裹在口罩里的嘴巴，而是用一种类比的方式在讲口罩上面的那双眼睛和对眼睛的渴望。

有了口罩，我们就只看到了眼睛的美好，这让春天变得神秘，让夏天也变得令人痴迷。人们彼此参观、欣赏，然后擦肩而过。说起擦肩而过，近些年很有意义的经历以哲学的态度告诉我们：要注意距离，否则他（她）的问题就成了你的问题，这个双关语在这个社会比比皆是。

其实关于问题本身我们根本不明就里，其实对于问题我们乐此不疲，我们一直关心谁制造了问题，和我们一度关心谁创造了世界一样。我们选了一个结果，却无答案对照。而我们自己制造的问题，比如口罩里的浑浊的口气和关于活着的每一次的小心翼翼，也和那只猫一样养成了习惯，此时我们并无不同。

到来和结束

一切结束之后的重新开始,依然充满了希望和欢喜。好的或不好的都会淡去,如同从未来过。而一切以什么样的方式来到,又会以什么样的方式结束,我们其实一无所知。

但我知道我来到后的每一个春天,都会有一场色彩的盛宴,我喜欢这色彩的晚宴,我喜欢这生命被打开的感动。我喜欢让自己活在每一个哪怕是卖火柴的小女孩那火光里的每一分轻松,我喜欢这其中的每一个人,他们都会让我眼望彩虹,心怀纯净。

但我一直知道:太阳需要你的世界,来证明月亮的存在。你若中毒而死,黑夜的明亮就成了谎言。

我也知道:人生自古,并非只有金戈铁马,更要与自己时时把酒言欢,人生得意须尽欢。

这些自以为是的知道,让我更加善待每一个结束和开始,不为所动,满心欢喜。

一些非黑即白的道理

对于我认可的人,我从不放弃,即便他可能伤我。对于我不认可的人,转身即陌生,即便他手持弓箭与刀斧,我也根本不去想,因为心存无畏。

于人如此,于神也如此。我给自己设定了底线,这种底线可以谦卑,但也要唯我独尊。

对于恶,我可以制恶,但我更喜欢静观,然后再做决定。许多事当他人说的只是借口时,你明白了真相后才可以置身其中,这并没有好与坏,只有肯不肯。不要嘲笑每个人的每种你认为不对的方式,他们的状态决定了他们的行为,我们自己又何尝不是在各种或阳光或阴暗的角色里穿梭呢?

我的朋友不多,认可的人也极少,但认识的人多,有些人已经淡出了生活,甚至陌路天涯,怕是在街上打个照面也会尴尬,最后恍惚,原来彼此还在一个时空。这里没有对错与得失，也许有一些计较，但和宽容无关。和有些人正准备联系，却突然发现他已经离开了，即便有若干不舍，却真的是咫尺天涯了。而有些人，也许号码已变，或者天各一方，甚至音讯全无，但我知道即使分开十年再见，也是今天昨天，如不曾相隔。还有些人则是与之交集无数，却是云雨，道是有情却无情。

你永远是一个人，你可以迁就一个世界，一万个圈子，你也改变不了你是一个人的格局，你得承担并学会承担，这个圈子才是最有意思的。

快乐的哲学

怎么做到快乐呢？如果有许多不快乐的事，那就不去想，先让自己高兴起来，然后就会自嘲，原来那些都不是事。人们常说生不带来，死不带去，所以活着就是拥有，能高兴起来就是幸福。

难过的时候，想一件有趣的事，写一个快乐的人，画一片快乐的景，让心里饱含温暖，就没有一丝冰冷可以溜入你的门缝；唱一支欢愉的曲子，跳一段轻松的舞，念一首流畅的诗，如果你眼里全是柔情，就没有一点忧伤可以偷走你的笑容。

你的每一个梦都要让自己在童话里醒来，对着镜子，迷恋着自己纯净的年轻，或者沧桑的年迈，然后用豁达的方式拥有整座云层之上的天空之城。

天凉好个秋，你会发现窗外踢毽子的人很欢乐，小鸟很欢乐。立秋了，预示着是天凉还是收获？叶黄了，你眼中是金黄还是枯黄？你感到了凉还是爽？生命与四季一样在重复，你感到了每日的不同还是觉得只是简单的复制呢？

是谁说过：生，就是为了等待。我不太喜欢"等待"这两个字，该来的既然要来，又何必要看，何必要想呢？其实从起点到终点，享受每一个当下就是极快乐丰富的一件事情呢。

欢喜于每一个人

我一直认为所见即我的修行。每一个人,每一棵树,每一朵云,每一片湖,每一座山,每一座城,它们个性鲜明,跃然生动。我一直幸运自己可以了然这一切,并逐一获得。

欢喜是我一直行走的目的。人生一定不能缺失愉悦,任何付出和索取,愉悦心是本质,生命是根本,所以一种信仰一旦对生命和愉悦心轻视,那它定在歧途。

一切修行应来自自然的呼吸和接受,可以自律,但一定不能自缚;可以放纵,但一定要心有净池。更要明白遇到的每一个人都是你的修行,他所表现的善恶也许有他的定数,但你不能设定和评判,否则便是你的损失,甚至是你的负累。

要看到每一个人,他的行为与本质的一致或背道而驰,或者模棱两可之间所反映出的人性缘因,或狂妄背后的恐惧,惧怕掩饰的恶意,微笑遮挡的悲伤,嗔怒之下的惦念,这一切缘因大都并不是性格使然,而是环境、背景、众生所产生的影响力。

当你看清楚了这些,你必然会释然,会不再憎怨。

许多人问我什么是西藏之美,我说是一个人的孤独,放松且愉悦的那种。

在无人的路上与自己久别重逢,那个在尘世中被自己丢失的影子也会如约而至。

行走时,让风景成为心灵的依附,而不是仅止于眼睛的观赏,这才是行走的意义。

在拉萨夜色下穿着铠甲前行

在拉萨酒吧里曾听到过一件事,使我当时便对酒产生了抗拒,开始咳嗽并且呕吐。于是趁着还可以笑着告别,独自回到了匆匆夜色。所有用酒掩饰的沉寂,或者虚设的浮华,也应该停下来,否则会让人觉得我是一个酒色之徒。

我喜欢这样在铠甲后看这个世界。许多人问我为什么喜欢看云,顾城有一段诗:你 / 一会儿看云 / 一会儿看我 / 我发现 / 你看我时很远 / 你看云时很近。

但又有多少人拥有这样一套铠甲呢?人们往往身陷其中,痛苦不堪。

我突然有点害怕这个城市,多少人披了一件没有任何防御力的铠甲来到了这里,有的是寻求答案,有的是寻求自我,有的是无处可去,有的是佯装洒脱。那些泡沫像灯火一样掩饰了这一切,但风起时,泡沫消散后呢?

许多人在拉萨不知所终,走着走着就散了,再也不曾见到,就好像从来不曾见过。

许多人在拉萨不知所终，走着走着就走到了拉萨河，拉萨河原先涨满的水干了，他却和当初一样，没有来处，没有去向。

正如我一首诗中的句子：我是被红尘放逐的焰火／靠燃烧逃离了红尘的蛊惑／我想呐喊但受不了缺氧的折磨／于是我学会了隐藏自我／我是被庸俗驱赶的妖魔／用邪恶从庸俗中逃脱／我想投降但自尊不愿受挫／于是我涂满了放纵的颜色。

若不敢面对，谁又能真的逃脱呢？那夜我回到了八廓街，孑然一身，看到一群又一群来到这里的年轻游客，真想拦住他们问一问：你们为什么来？是为放下还是放不下呢？

回去的路上，两只小狗一直跟着我走了很远，我因为咳嗽引起的头疼居然出现幻觉，幻想它们中会有一只叼着药给我，这可不是我的风格。珍惜自己，得学会自我珍惜，于是我笑自己的愚。我带着两只狗狗走了很远，买了最纯的肠给它们吃，然后发现除此之外，自己什么也做不了。

灵魂之问

灵魂在咳嗽，把我给吵醒了。生动与静止似乎就停留在色彩的间隙。所有你经过的地方，他经过的地方，我经过的地方，我们必然留在了那里，这就是灵魂的便利。无论是空间还是时间，我们只要想，都可以让它披上色彩清晰地呼吸；我们也可以不想，于是它就静静地躲在那儿，甚至一生也不再动一下。因此灵魂的颜色可以是云朵，也可以是彩虹。它的形态是连绵的，一片一片用丝絮留下了我们的每一处痕迹。

在看红月亮的时候，皎洁的月光倾洒之处，那些睡眠者落英缤纷的思想在午夜12点犹如欢愉的精灵们滑梯而落，而后轻声哼唱或者起舞。此时不眠者也众多，所有人激动而热烈地拍摄这神奇的景象，然后兴奋融入，放肆高歌。另一些则在人群中疲倦了，挣扎踉跄着往梦里跑，好像《大话西游》里猴子为了救紫霞时的一次次狂奔。一个朋友说飘在空中的灵感要学会降落纸上时，我不置可否，因为这个世界没有臆想的灵感，都是人自己的灵魂在四处溜达。写字是一个自我面对的尴尬过程,或如实,或伪装,或编撰,重复是正常的,会有午夜12点的精灵检查,发现重复的、虚录的、无趣的就将其抹去,最后每个人的册子都变得很薄,有时候一辈子也不过三两页的人生。

若为希望而生,我们为什么还要彷徨?努力地绽放,是为了生命中花儿一样的力量。我们眷恋着我们的芳香,我们迷醉于我们的相识,这是灵魂的方向。

读书是灵魂最好的慰藉

读轻松愉悦的书,书里有你看得见的阳光和看不见的冰凉,冬天的树有的萧瑟后等待重生,有的已放弃了生长……读书时的我们像是国王,在玻璃墙后望着宫廷之外,花园里一只小狗在追逐一只麻雀……一张长椅落满了灰……

带上一本书坐火车,片刻的阅读会使车外的风景优化很多,而更重要的是,可以漫无目的地进入、忘却,一个人安安静静的,什么也不用去想,风冷的晴天、一个世界的雾霾、不踏实的粮食、有病的鸡……此时我只需面对一个陌生人的书,这无关岁月。

在我疲惫时,我依然双目圆睁。我会想起卡夫卡书信集里写的:"我头脑中有个广阔的世界。但是如何解放我并解放它,而又不致粉身碎骨呢?宁可粉身碎骨一千次,也强于将它留在或埋葬在我心中。我就是为这个而生存在世上的,我对此完全明白。"

凌晨突然醒来，怎么也睡不着了。我读博尔赫斯：那片黄金中有如许的孤独。众多的夜晚，那月亮不是先人亚当望见的月亮。在漫长的岁月里守夜的人们已用古老的悲哀将她填满。看她，她是你的明镜……

休息的时候，我以怀旧之心读萨特的《厌恶》：即使有一百个故事死亡了，可是仍然有一两个故事活着。对于这些活着的故事，我在回想它们的时候是很小心的，而且只是偶然这样做，次数不太多，因为我害怕会损坏它们。

我的孤独是一座花园

一个人在一个大学的小屋里重读一本诗集——《我的孤独是一座花园》，窗外蓝天白云下的校园绿荫让人感觉放空、舒缓。音乐从没有音响的回忆里轻轻起身，带着披纱曼舞，迷醉了我的眼睛。很快过去的是树上青涩的果和夏天，这个夏天我似乎没有听到蝉鸣。

读海德格尔时，我有时也是这样，感觉也会不太清晰和舒畅，可能和心态有关。或许存在本身就是一个无法扩展的命题吧。无论是存在与虚无，还是我思故我在，存在本身就是思维的延展。在任何一个具象或时空逆转或光阴影像之中，从未有"虚无"这个词，所以我们要善待自己并坚持，哪怕盲目。

"我为称之为必然而向巧合致歉。"再次读辛波斯卡这句诗，所知道的似乎又多了一些，而这种知道似乎又是一种对于已知道的去除。诗歌如羽毛一般在这冬季落下来，展成一床厚厚的被。我仰天躺着，久违的星星一眨一眨与我说一些童话的故事。没有公主，有一只米老鼠踩着土豆在跳舞。

我在江湖拿书装刀剑

古龙是位哲学家，他写多情剑客无情剑，天下谁人不识君。我曾经有一年时间走入小李飞刀这本书里，看着这个天下第一的男人在任何境地保持缄默时散发着他应有的光芒。我常也会想：哪个男人会是我的阿飞，哪个女人会做我的孙小红？醉卧沙场君莫笑，一腔义胆谁人知。

洛夫是位诗人，但一定也是个江湖人。他的诗歌中关于杨贵妃与唐玄宗的情爱是对我关于男女之性的启蒙。读洛夫时我还是少年，写的字还没有长开，拖沓而不羁。我找到了自己那时候写的几句话：**蠢蠢（欲动）的春天，你们却在蜕变，把自己纠缠在坚硬的幻想里，枯萎成一朵昨年的花瓣。**

而若干年后的今天，突然我却和一个朋友说，我愿意做一朵花的标本，永不凋谢。

李小龙是位哲学家，对于生活的哲学在于两尾鱼盘旋的太极思考，尽管他的搏击一招制敌，但在前期的酝酿和观察过程中其实在做顺流而下、随势而转、蓄力待发的准备。人们往往看到的是他的速度与激情，却忽略了他的蓄积与厚重，败者与胜者所处角度不同，结果与对结果的认知自然就不同。所以，截拳道可能是他作为一位生活哲学家的成功实验，死亡也可能是他实验中的一个意外。

尼采是真的哲学家，他笔下的拜火教教主查拉斯图拉说："生活在人群中是难的，因为沉默是难的。"有那么多的事好像积木似的，摆成了一个城堡，常使你步步打滑。查拉斯图拉又说："因为你们不愿用怯懦的手握住一根线而摸索着；因为你们如果能够猜想，决不会去归纳。"看这一段文字时，我正在放着黑人音乐，每一个音符传达出的情绪，我都能感觉得到。我想我应该关灯了，关灯是我经常忘记的动作。

我与我行走的禅意相依为命

很多时候,人更像是一部被输入程序的机器,所谓状态并不是自己可控的,而是取决于各种未知。

你对这个世界知之甚少,你也是,它也是。若求,发现求而不得;若舍,发现舍身未必成仁。所以我带着我的禅意前行,它们是我的铠甲,免除了我对思想的恐惧。

安静的凌晨,想想多少喧嚣被关在这安静之外。可能重要的不是努力改变,而是学会自知。每一棵成长的树都有盘缠的枝节在土壤之下,表面平实安静,但所有的养分都在暗流涌动中补给。这是树的智慧,也可以是我们的智慧。

感谢造物主的赐予,让我可以在每一个早晨重归于美好。感谢你可以看得到,我对这个世界与自己生命的抱歉其实无处可逃,只有到达梦中一片水的深处,在我不敢撕裂的光芒里,我才能愈合……这是我内心的向往,是童话里的欢乐集结之地,是我生命跃然的真相。

山顶上的思考

若付出便要求对等回报，说明付出的心不真；若期许思想如镜子，从他人那里找到自己，换来的必然是无休止地徒增烦恼……所以，打破鱼缸，唤醒自己很重要。

回望那山上云端，我依旧孑然一身。小惑易方，大惑易性。其实迷失并不可怕，可怕的是未能自知。小惑与大惑之间，一步之遥，或咫尺天涯，或万丈深渊。

一个人飞翔的方向，不仅取决于翅膀，也取决于气候，更重要的一点是人根本没有翅膀。所以庄周梦蝶，梦的不是蝶，只是一双翅膀而已。天使不能飞，也是因为折翼。但有翅膀不飞，却多是因为沉迷于习惯。

迷失的想象力

有一种迷失的空间叫作想象力,也许是灵魂与肉体分割后的游离?幻想有一种力量可以冲破撞碎那些阻碍太阳之物。而一切止于想象,熟悉者以你的壳来看你,陌生人嗤笑并怀疑你。周公不收留你的梦,弗洛伊德不肯看你。虚幻之间,哪一件是你的御寒之衣?

很多事情就和船一样行驶在空沓无人的心海,波涛声让我无法入眠。而对音乐的幻听,在我的耳朵里叫醒黎明。早安,小鸟。

今夜我写诗,我想写下的不是语言,而是一个夜晚普洱的余香,一枝茶梗如船驶过,这不是我的港,没有我休憩的地方。今夜我写诗,因为我不会画画,我没有办法画一个不可一世的天空,它的湛蓝让我无限制舒展。

每个人都在自己的城里行走,无视他人,我打开灯,却发现卧室里灯的开关连着窗外星光的开关,一开如白昼。我急忙关了灯,黑暗里,思想如脱缰的马,我忘记了这是自己的城,还以为自己冲垮了围墙。

充实

今天我们来谈谈充实。充实是一群树的风尚,还是秋天的景象?是一根木的随意雕琢,还是一个气球里一扎就爆的力量?是每日一个笑容的重叠,还是从无到有的一张画纸?重要的是不被破坏的美,心在诚处,神在心上,所到之处,每一件事物的左下方,都盖牢了那一方浑然一体的印章。

第二章

聊聊
云淡风轻

让烟花带走你的忧愁

愿你的月亮之美

透彻心扉

那些尘埃的讨扰

被烟花带走

愿你的鲜花之美

香沁入骨

那些硫磺的异味

被烟花带走

愿你的童话之美

甜美无邪

那些烦琐的心机

被烟花带走

愿你的诗歌之美

内外兼修

那些最美的句子

被烟花带走

愿你的孤独之美

曲高和寡

那些凄凉的寂寞

被烟花带走

愿你的笑容之美

纯粹天然

那些曾经的取悦

被烟花带走

愿你的成人之美

豁然开朗

那些不安的心思

被烟花带走

愿你的烟花之美

从天而降

穹顶之上,海洋之下

让我们一起被带走

日光、月光、星光、生命之光

由天使投射在黑暗的帷幕上

一起绽放

很长的祝福,希望你不要吓跑它

一切都是新的,那么新,完美的新。让纯净的童话来验证它,我的生活,你的生活。泉水在今天,在明天,在每一天,从最高的那朵云流淌下来,通过我们生命的水晶通道,从那儿轻盈地飞下来。那些初生的好奇,初心的愉悦,初始的率真,如孩童时眼睛里明亮的想象,飞下来,带着音乐。干净的音乐连拨弦时指尖的欢乐都听得到,带着诗歌。没有人打扰的诗歌,弥漫着青草的香。

一切都是好的,那么好,完美的好。让我们放下所有去呵护它,好像呵护那个婴儿一样的自己。充满了奶香味的好,不用学也可以在水里自由融化的好,冰清玉洁的晶莹的好,就像呵护着我们的内心之爱。在我们内心的大海,似乎天地初生,没有喧嚣,没有霾,也没有风霜,春天嫩绿的草与微微的风,以及最慢的摇椅,我们呵护着自己,满眼深情。

光遇见就值得欢喜

我们要欢喜于每一次的遇见，无论是以何种方式、在何种场景。无论是冲突中的对抗，悲伤中的回眸，落魄时的救赎，辉煌时的跟随，挣扎中的偶遇，我们都要学会及时停止自己的躁动不安、欢喜或者悲伤，在静止中寻找遇见的美好，这是一种契机。你会发现，每个人、每件事都在为你的人生增加福祉，使你更美丽或者更勇敢，更柔和或者更坚强。终有一日，所有的遇见都会成为你身披的织锦，太阳之下，一片霞光。

烤茶时听到了风铃声

坐在人群间,煮茶,烤食,围炉,却在风铃声里一下穿越到了自己的世界。一切侃侃而谈瞬移,消失于月间烟火。我沉寂下来,几乎昏昏欲睡。我告诉他们让我幸福一下,不要打扰。

我爱风铃声。在塔尖、山顶、坊间,它总是轻柔地唤醒内心的安详。小时候夜宿绵山,抱腹岩悬崖峭壁上,人们为了还愿挂着的风铃,与鸟儿归巢辉映,留给我的美好记忆犹新。

而某一次回到萨迦县,听完了风铃声后心情激荡,甚至一直想念,我便在下雪天委托普布帮我录了发来。当下这一舒适感又缓缓而来,一下子洗礼了我,顿觉满心欢喜。

喋喋不休

最近喋喋不休地说了许多话，话是赠人玫瑰或金玉，也或者是自己在悬崖上拼命采到的一味药材。那天我梦到了悬崖，我正在攀登着向上走，我想也许这悬崖暗示的就是我的喋喋不休吧。这喋喋不休是枷锁，也可能是开枷锁的钥匙。

我的一个学生从高中听我的通透论，后来直到大学和研究生，他有次在吃面时发了张相片给我，说希望我的温暖可以传递给更多人时，我竟有了一丝伤感。这伤感就好像鬓角的白发，预示着一种坚硬的脆弱。我想也许我该出世了，在某一个无人之处，用我的药涂我的伤。人得学会自知病兆，然后自我疗愈，时时自醒、自省、自新。

一个朋友问我失业代表什么，我说代表自由。他又问我什么是自由，我说心无羁绊，不一定是诗与远方，可能是吃饭睡觉。其实我没有说的是，自由是从容于坎坷与平坦间的交互，是不去想贫困与富庶，是同一个事件的万般经纬，是不断推翻与重构的人设，包括我的喋喋不休，传的不是道法，讲的未必是真知，于我只是对于身体里万般纠缠的释放，放空了，就出世了。这个出世是婴儿，是睁开眼的无知，是人生第一次欲望的开始，也就是啼哭，然后欢笑，一身奶香，天然而沁心。

谁在我们的屋子里

夜晚，谁在月亮里下棋呢？玻璃窗外，星星闪烁，有一些人骑着扫帚一晃而过。我独自纪念着那些充满童话的时间，放肆地大笑，酒醉后狂奔，没有羁绊，随意西东。

我们为自己造了间屋子，青草芳香，装饰了我们的不安，平静了我们的焦躁，那些累积得不为人知或无人能懂的故事在里面飘逸成了我们独享的音乐，我们睡在其中，不想醒来。

晚安，一切静默如初。每一个带着疲倦或者酣甜入梦的人，这世界此时其实与你无关。妄图穿越梦境都是自寻不快。

此时在众人安睡之时，我与众神各居其所，窗外小鸟打着小呼噜，各种思想、欲望、情绪被定格，周而复始，来不及思量。

在雨声中突然醒了，一个梦，什么也想不起来，但我知道，在那些未知的情节里，我的呼吸均匀而有力。于是不再纠结。

许多事不是因为放不下,而是因为拿不起。何必总用一种桎梏指导自己的心,又何必非得决定花开。昙花一现,最美处凋谢,倒不如等待或者想象来得更让人心旷神怡。什么叫无为?无为是顺势听雨,无为是泰山崩于面前而色不改,是泰坦尼克号船上那些乐手。是梦,是一个记不起的梦。

听得到的琴音

琴音是可以听得到的,如果你静对一把琴,把自己内心的各种情绪——无奈、叹惋、嫉忌、忧伤放下来;或者是惊喜、狂笑、释然、忘却。把自己放平,舒展,静静地看琴,泉水叮咚一般的音乐开始溶化你,把你解析成水,你开始舒缓地流动,并把这流动化作祝福送给每一个人,那些已然幸福或正在学习幸福的人,那些要结婚的,有孩子的,有老人的,在的或不在的……不许想,只许这样舒缓地流淌。

今晨我走出一个童话,是梦,却具象到彩绘的真实。无数的人在大风筝下飞翔,当我找到自己时,游戏规则变成了面向天空的弹射,我害怕这样的游戏,我害怕皮筋的断裂,我害怕不能和所爱者说话……这是在早晨 6 点 10 分,我的房间开着灯,我再次闭上了眼睛。

我们可以清晰地歌唱吗?忘我或者无他,做一个游历者,或是一个虚无缥缈者,任那些专业的歌唱者炫耀七个音阶的技巧，任那些陌然或者憎恶我们的此起彼伏的嘘声响起……置身之内或者避于事外，都不要乱了我们作为歌者的景致。舞台中央灯光绚烂，台下无人或爆满，也不要惊慌或张扬……没有谁有义务做你的观众，正如你不会轻易进入谁的剧场。

有鱼在飞翔，浩瀚而熟睡的夜晚，万物沉寂在复苏之前，鱼趁机飞翔，喧哗时，鱼不说话地看着万物，一切了然，有水自有游弋之快，无水自会化去生命之痛，不争，不嗔，不执，不怒，不喜，不悲；或只是不说。不说便是禅，便是大成，便是大美，便是无疆。而在万物终归之夜，有鱼在飞翔，悄然无息，洒脱至行云流水。我听到鱼在水中"飞翔"的声音，独自醒来，打开所有房间的灯，等待晨曦鱼肚白。

最美丽的年轻在鲜花盛开时如风筝一般被放飞，但我从来不曾放弃我年轻的尊严，我让自己驻守在我最喜欢的岁月面前，不说那我守候了一千年的痴话。我爱恋着自己张狂而不羁的容颜，即使疲倦，也要在辉煌中睡去，而不在衰老中龟眠。

喜马拉雅的雪莲

好多夜里我走近你，喜马拉雅的雪莲，你濯清我的肮脏，跃入我的混沌，加持我的通体透明。每一个梦都伴随着高原的风，没有人，风撞击着我，把我击打成碎片，散落在花瓣丛中，我愉悦地在梦中化尽，火红成一种风情，在尘世俗埃里，怀着生的歉疚，盼着死的坚守。

我趁夜奔跑，任冬月凄美地寒，向着你的方向。无人说话，熟悉的城，陌生的街与楼宇里盛载无数人的狂欢，而我趁夜狂奔，如一匹脱缰之马。马蹄声敲打路面，清脆如鼓。那天有人说我是海，我说我是天池。别人说那得多么寂寞，我说没有寂寞。无数的人在看我，惊呼我的冷峻与静谧，因为他们的留恋，造就我的温暖，但没有人可以走近我平滑的池面，不是我不愿，而是人们只不过匆匆看一眼。我内心蕴含着火山的温暖和安详的熔岩，却用一种玻璃的冷峻面对蓝天，如果疲倦，我会拉一卷浮云盖住我的睡眠。

在寒气袭人的雪莲中我将安睡，也许是对于温暖的一种规避或者是一种静享。月亮在猫的兴奋里亮起自己的篝火，有人在敲鼓，另一扇门打开了神秘国度的通道。

人生最纯净的味道

什么是人生最纯净的味道？不是不食人间烟火，不是不惹红尘，不是一恭到底，不是世外桃源，而是在雾霾中不抱怨而净心，在伤害中忘掉痛而自愈，喝尽人间苦药而如品咖啡，受尽世事风寒而如游冬泳。肉体与灵魂可同行，也可游走，重要的是心里有个栖身的所在。你犹如一页坚硬光滑的白纸，你无法拒绝各种人的画，但夜深人静时，抖落了一身的染料，你依然可以光滑如新。

当世界如轧路机一般轰隆隆地驶来，那些打开的窗口，那些滚动着的各种信息如潮水一般涌来的时候，要学会在那缝隙间寻找微乎其微的一种感动，并让那美好在冬日把我们温暖地包裹起来，让我们自视自己的渺小，并享受这种小到极致的完满，这便是我认为的蝴蝶效应：如果每个人都能乐得微小，那我们都会温暖得多。

在城市里我喜欢看云，看墙的裂缝，看窗的呵气，看一个停止的工地和一汪路上的水,哪怕这些代表着阴霾、残缺、寒冷、喧嚣、泥泞。在我的世界,它们会幻化成一个个故事、形象、对话,并且生动地走入我迷离的眼中,使我游离。

我不害怕陌生的城市,不害怕陌生或熟悉的人带来的某些伤害。若因为等待的焦虑而放弃阳光,那么这对自己是多么不公,所以要坚持美好,坚持在不美好中创造和等待美好。童话里其实本来没有水晶鞋,但想象让我们变得幸福,于是就真的有了水晶鞋。

禅修的断点

我远道而来，进入庙堂，独自祭拜，向生而死，一路风尘，不问世间是否有人能读尽沧桑，不诉不求，羡也罢，骂也罢，恩怨纠缠均是身外事，随身自带的尽是超度的经文。

我有神的不羁，却无佛的从容，于是迷离入云，与那些天使厮混，我跟不上它们的幻化，就躲在一旁，看它们开心得不亦乐乎，我就笑了，这不是梦，这是我醒着的所见；也不是醉，因我不敢，怕污了云的圣洁。

修行者最重要的修行不在于叩拜，而在于融合后的大爱，尊重每一位值得尊重的先知或者神，尊重一切值得尊重的事，谦卑于一切努力而辛苦的人，怜悯一只流浪的小狗，也爱惜一枝会呼吸的花。

我执包括三种：一种是喜欢任性，以反驳为美；一种是固执己见，钻各种牛角尖；一种是强迫他人接受自己的建议或者观点。怎么样才能不做我执的人？在自己的世界里花开花谢是对的，如果意识到错了但又不想让别人窥探到，那就关上门悄然修正，润物细无声也是美好的。

如果善意被人曲解甚至被拒于千里之外，又或者遭遇背离和算计，该怎么办呢？其实你做好了自己的善，本身就应该是一种满足，如果因为有无回报而产生心理的落差甚至忌恨，妄言妄为，妄自菲薄，那就成了心中的恶。恶念一起，百善全无。

每次回到西藏，感觉都是与自己的一次告别与再见，宛如重生。

天上的精灵会在这些干净之所栖息或者玩耍,顺便为你点亮星辰。

有生之年，花开花谢

有生之年，我不能等待枯萎，但花开花谢，我已为枯萎做好了准备，然后我就努力绽放，一季、两季、三季，每一季的颜色各不相同。少年的怒放，青年的惊艳，后来的静谧而悠扬。为什么用后来呢？因为我在 28 岁，把自己的年龄扔进了旷谷，那一年，站在旷谷边缘，我已死而复生。

我不否认中年的来临，但做好该做的事，还得让花期如约而至，就不要强调宿命、坎坷、不公与时光，更无须唱时光时光你慢些吧。所有的焦虑促进不了事物的好转，适当的不羁任性与随意反而给了未来更多的机缘。

不要介意命运多舛，辉煌时享受而不傲慢，低谷时平和而不嗔怨，把生命看作荒漠中的徒步，而不是上十八层楼梯似的举步维艰。

不要认为自己的苦难比别人多，优秀的人永远用微笑化去干戈。在这个世界上没有第二个人能如你自己一般爱你，所以不要让自己成为自己的绑架者。

有花开的时间我们就要好好守护芬芳，不要慨叹流年，也不要慨叹如果，一切过往与未知都会呈现出当下花开的从容。

所以，好好爱阳光吧，爱露水吧，爱微风吧，早晨这么好，夜晚那么美，为何非得谈有生之年这么沧桑的话题呢？

谢幕的意义

　　每一场盛大的演出之前,都有无数次精心的排练,甚至为这一天要经历若干次的摔伤,以及面对众多怀疑。而每一场演出之后,又会有谢幕之后人去场空的遍地狼藉,甚至是无数的诋毁,这就是人生。来来往往都是自然的法则,重要的是我们曾经这样辉煌过。辉煌不是台下有多少人,而是哪怕只有一名观众,我们也要以面对世界的心态骄傲进入,不拉下一句台词,然后隆重谢幕并鞠躬感谢,这就是人生。人生在这一刻代表着我们对于自己生存着的无限景仰与热爱。

第三章

窥解自我
是和解的开始

与自己不期而遇

总是在琴弦最后一尾余音

与自己不期而遇

那些沙漠中的风沙

盛开的格桑花

以及与雪山相随的那棵树

一起隐入黑暗

空余我在遥不可及

但又咫尺天涯的星空旁

守护涟漪

零下三十度的气息

在奔跑中瞬间冰冻

琴弦划过

那声音之痛

美妙而婉转

住在音乐里的我

从未放弃行走

才能遇到

在音乐的起止

尾音的最后一个颤抖

温暖地叫醒了另一个

躺在冰川里的我

满眼是霜的睡眠

婴儿的啼哭

善待我们身边的每一个微不足道，因为它和我们一起呼吸着生命之氧。把最新鲜的乳汁给初生的婴儿，因为那是生命的延续；把温柔的善意给身边每一个人，哪怕只是过客，我们的好心才是环境最优质的清洁机，我们的笑容则是最有效的氧吧。不要认为是别人破坏了你的美好，人之当初，自己首先要学会呼吸。

每一个新生儿的啼哭可能有四种预示：第一是他被惊醒了，从最安全和温暖的地方，实际上他不想醒来；第二是他害怕面对这以后不得不应对的别人的惊喜、管束、设计、欺凌、虚伪，他讨厌学习这些；第三是来接管他的大人们在欣喜之后开始人生新一轮的体验，有欣喜、担忧、惶恐、压力、束缚、挣脱、期冀；第四是他其实是来启示我们，在各种体验之后，我们发现自己已失去了当初啼哭时那种单纯的害怕，面对初生，我们才发现自己已错失了太多行走的风情。

初生带给这个世界的清新比森林重要得多，那些小天使的慌张闯入使我们学会怜惜并且用最温柔的法则行事。这些可爱到极致、纯洁到无瑕的小生命透明得让人能顿时安静下来，生怕会对其有所惊扰。此时，雾霾散尽，我们竟可以进入禅定。这何尝不是一个未来的我与初生的我的一场对视？在这时应该出现一个神或哲学圣贤，抚着我肩头，什么也不说，直到我身体轻盈。

为什么是初生而不是出生呢？我那天趴在外婆家老院子的门缝里看杂草丛生，外婆的去世使得这个院子从此荒芜。但那一刻，我依稀看到我在院子里欢笑嬉闹和奔跑，我与时间的对视让我回归到婴儿般恬静的想法里，而这样的回归就是初生的悸动，对于最好时光的无限回望和希望不代表老去，而代表初生的破茧而出。出生只是一个不可复制的开始，而初生则是阶段性的惊醒与轮回，用来延展我们活着的力量。

成长的量子定律

相信一切美好与真诚,而后全力以赴,不怕伤害,即使被伤害也轻则原谅,重则绕道而行。不必让自己纠葛于一场来临、深陷或者错过。对于来临的,我们要充满热情地迎接;对于错过的,我们要向前走,坚定挥一挥手。人生不应该有深陷,深陷只是心里的魔障和不安,一念之间,拔腿而走,不带走一片云彩与不安。

在成长的任意一个情绪环节里,比音乐更能令人赏心悦目的,是色彩。因为焦燥,肖邦的小夜曲也会犹如针刺,但色彩则不同,不由分说地经由眼睛这扇窗直接闯入,湮灭你任何一种想要的表达,渗透你毛细血管里每一棵兴奋的嫩芽,让你迅速生长,我管它叫色彩的力量。

有一种励志的童话,带着善良与纯净,住在我们心里喝着茶,看着我们长大,比如匹诺曹的长鼻子,比如青蛙王子。那天我的一个学生发来一个她听过的童话:一个小女孩的生父母很穷,把她送给了一个很远地方的有钱人,长大后养父母让她回家看亲生父母,并给她带了很多礼物,包括一条长长的面包……回家路上有一片沼泽地,她怕脏了鞋,就把面包铺在上面,结果踩上去就陷入沼泽进了地狱……我忘了她最后的解读,大概意思好像是对于那个女孩公主病及不善良的指责。后来我又想,那个女孩其实是善良的,从小被送给了别人,长大后突然知道真相,然后允诺回去,说明她不任性且孝顺,过沼泽时如果怕,她完全可以回头,铺面包条是不是为了要过去,要完成见父母的心愿呢?所以这个故事应该这样解读:不要害怕沼泽,但要准备好你的武器,可以是木板或桥,但一定不能匆匆抓个面包条,仓促只会带来不可挽救的失败……相比之下我非常喜欢自己存在记忆里的另外一个童话:一个小女孩得到七个有魔力的面包圈,她没有靠它们完成自己的心愿,而是帮助七个有需要的人实现了理想……其实人人都成长在童话之中,重要的是我们需要擦亮我们被雾霾蒙蔽的眼睛。

许多人拍照时都会自然而然地拍一张地上的影子，然后不小心思考一下人生。许多小时候的记忆里都会有一个踩影子的游戏，踩不住，溜着走。影子似乎是唯一可以对我们从一而终的那个忠诚者，所以叫如影随行，所以传说中表述最恐怖的一件事就是那个人的影子没了，最可怕的窃贼就是偷影子的人……而最美的不也如此吗？天池的蓝、溪水的绿、月亮的圆、我们对自我的欣赏，都是影子给予我们的力量……他人看我，我看他人，都是非我之外影子的具象，因此，在成长的路上，善待和经营好自己的影子，自然也就成了你成为风景的必然。

思考是唯一可以时时回头的马

时光像一个陈旧的杂物，在一个角落里，静静地待着，它有自己的玩偶和积木，摞着自己的故事和童话，却不愿被触碰和被直视，像一个孩子，你若任意不顾他的感受，他便用幻灯晃瞎了你的眼睛。

每一出戏的重新来过，都可以使你置身于其中，而观望于事外。每一种重叠似乎合着音乐的拍，越来越重，最后却可能如鸿毛之轻。情怀在这个时候显得尤为可贵，是沙里的金，却很快被沙淹没了。

在奔跑的人群里，我们逐渐被冲散，连一声告白都没来得及说。若干年之后，只有一个名字的记忆，便能让我们激动万分，哭泣不已。这是群体记忆的真相。这样的拼接会让生命变得鲜活，同时也沧桑了许多。

能否在他人的风景里置身事外，还是深陷于中，不明就里，劳顿奔波？或者匿于边缘，不思考，化身于河岸上一艘废弃的木船，望着生命的背景，逐渐转身于自然，任喧嚣过来，不喜；任繁华落尽，不悲。

夜行者不为所动

那些流离失所的夜晚，每一种花朵的悄然开放都给流亡者一种惊喜，音乐是从这时候开始流动的，清脆的啼哭，纯净的欢笑，纷扰的躁动，直至深夜的终于静谧。夜行者自由上路，这并非流亡的全过程，而是避开众人或者凡事之后的休憩时间，不愿被打扰，如一个闭关的佛陀，面对的却并非四壁，而是柔静之海，有海鸥轻飞。

这种突然静下来的美好是一种自我的救赎，如同打开一本书并沉浸于其中后开始萌生的那种安静的快意。这是专注的力量，专注使我们由内而外感知一种洁净的通融，呼吸顺畅。

我们会在这种过程中忘却外界带来的各种物是人非，笃定地爱上自己，所有的自卑、自负、自闭都像蚕蛹一般碎裂，而这些情绪在平常像恶魔一样，时时用负能量暗示并封存压抑着我们阳光的躯体。

一个学生问我如果厌世怎么办，我其实想说哪里有世，你就是一个人，如果总有幻觉，就得学会在夜晚笃定下来，努力不为外界纷扰动容。在这个平行的世界里，所有的被干扰或者自我干扰都是一件不礼貌的事情。

与一个朋友谈人生

他在一路反省与反观自己的每一次选择，听完后我告诉他，其实生活从来都是一个均衡法则，没有什么选择的正确与失去的惋惜。五味也好，三色也罢，造物主的幻化是以静制动，只有调好最佳的舒适度才是最美的。如果不舒适要调，但要知道调什么，不能得过且过。但也不能臆想，比如因为过往而评判现在，当下的舒适度本来和过往无关，所以要学会审时度势，增益己所不能，然后去突破。

40岁的他像个大男孩，压抑但又会释放，却总是犯错，就好像双胞胎老大犯了错，他总使劲打老二。他能和我熟悉取决于某一次我组了个局，他非要请客，那晚开场前他堆了一大摞酒，红酒、白酒、啤酒、洋酒，表示对我的重视。喝完酒后他把所有人的联系方式都删了，除了我。后来我发现这是他喝醉后表达释放的方式，他总在退群与删人，然后酒醒后两三天会重归清醒的自我。这是一个成人不自知的纠结，多数人会伪装，少数人会坦诚，极少数人会像他这样。而我则喜欢看看，既在其中又身处之外。我告诉他，要学会不做不喜欢的事。

对于生命的安好如何评价，我告诉他，一定要知道是习惯还是释然，这是截然不同的。一个是消极，一个是积极；一个是被水浇灭了火，一个是拿火温炖着茶。骨子里男人的担当使他一直在努力，也难免偶有焦虑。我告诉他对生活无须焦虑，也许得过且过就是活着的本质。这得过且过和枯燥只要修饰得好，自然也是鸟语花香、守得云开，而这前提是你得学会热爱生活。热爱生活和热爱学习一样，一不小心就会懈怠。这就需要知道得过且过中有意思的地方了，得过＝既然得过，读音 dei，三声；且过＝且不妨过得愉悦。和他聊到了人最好的结果是善终，五福之峰。突然觉得像是两位老人在聊天，赶紧念了几句 28 岁不老咒，以防我们真的那么快变老。

又想起一个挚友建造的一个康养项目，嘱我能给几句话，跳出"老有所养,老有所依"的套路。我说可以,我也不喜欢提"老"字,尤其是与父母、与爷奶之间。我的记忆是迟钝的,我只停留在最好的时光机里,随时套现。我给他写的其中一句是"颐养于心修福,善养于性修禄,康养于身修寿"。想把这句话送给这位朋友以及处于焦虑中的许多人。

豁然

鸡鸣，虫喧，水静，朋友告诉我那缓缓的黄汤一般的水本来应该是清澈的，说现在实在不好看。我说很美的，有着黄河的神韵，带着大山的生命。

朋友又告诉我，因为走的地方太多，所以觉得家乡的风景总是平淡无奇。我说我从不惊叹于大自然，无论是亿年冰川，还是茫茫沙漠；我从不蔑视大自然，哪怕山河干涸，万物凋零。我静享眼前所看到的，然后一心地欢喜。

人可以为了丰富自我而出走去寻觅，但一定不可以因为厌倦而放弃。即使在生命里见过了太多好看的风景，但最美的一定是当下你所拥有的，因为这是当下你能拥有的。生活总有唯美之处，但需要学会停止与忘记。懂得停下来欣赏，懂得不去对比。永远不要忽视眼下，就可以到处有自己的天堂。一个到处都能看得到天堂的人，总是能豁然开朗，又何愁没有方向。

普遍心理

我买了几个不同的新品种饮料,并对它们的口感与设计做了评判。朋友笑了,他说我是一个饮料执着者,凡是见了新的还是要尝一尝。我说是的,花样设计代表不了它的市场走向,我喜欢综合体验,然后判断。

这是一种习惯。我十几岁第一次逃离去打工,当时的企业抵账回来一大批饮料,然后我们去售卖,我把所有品种都尝了一遍,然后根据不同的口感向购买者做介绍。其他人摆摊时,我一个人背着背包走遍了那个海滨城市的批发部,交了一帮做批发的经理朋友。我甚至以玩儿的心态,把各种饮料设了一、二、三等奖,然后在车上挂了个手写的大牌子,写上它们的口感与抽奖规则。有时候想,我应该是再来一瓶的创始人吧。我在短短的时间内把饮料铺满了这个城市的货架,让企业里的其他人瞠目结舌。

其实这个习惯和饮料无关,我对做过的工厂如此,酒店如此，学校如此，甚至娱乐活动也如此。我始终的看法是，每一件事都有它的乐趣，但单一为了赚钱而出发的方向一定是错的。

那天与朋友谈到一个装修一流的酒店，我说它走下坡路会很快，因为一时的装修永远代替不了良好的客户体验，床品的陈旧，瓷器的瑕疵，都会让整个酒店掉档，一旦掉下去就会很难再起来。许多私人酒店都是如此，不是因为酒店老了，新对手多了，而是自己放弃了自己。真正的品质和口碑还是在那些大牌的百年五星的酒店。

民宿是最能体现这一点的，个性化设计和网络销售是民宿最大的竞争亮点，但民宿在许多地方的衰败不是因为它的设计装修不行，而是它的软实力比快捷酒店都弱。床品干净也许他们能做到，但许多民宿的柜子里乱七八糟的物资、做饭的锅碗呈现出的凌乱、地板卫生间常见的斑驳，都让人对其整体品质产生质疑。

创意是简单的，完成和坚持才是最大的挑战，但这个时代似乎流行速成和快餐，企业走着走着便忘了初心。许多东西一出来就是铺天盖地的广告，让人感觉它的心思并不是想要扎实做好一件事，而是如何讲好故事然后快速圈钱。

做事能不能成，能，但不可以本末倒置。人们在注重包装的同时却忽略了产品的灵魂。拷贝、复制、粘贴或者剪辑拼接，更多是为了迎合或者完成，忽略产品灵魂、只为赚取当下利润的行为是短视的，难以长久。

失眠时的思想碎片

生命每一个阶段的真相是什么呢？那些数以继日的擦肩而过，彼此陌生。

关于舍弃的维护，那些楼宇的溃塌埋葬了每一个阶段，却默然注视，尽是灰烬迷痛了双眼。

远行人在敲鼓，仰在山顶，似乎又俯于大海，却只是在午夜，旁若无人。

必然还有一些穿行者惊动了我的睡眠，肆无忌惮，在酒精的余光中偷窥，然后装腔作势，大声掩饰。

那些最简单的生长，像一棵棵樱桃树，承受着美丽的重量，转身便在风雨中寂寞相对。

我努力地想要流落回故乡，老院的门已经逐渐荒凉，那些人在那儿，不曾离开。

突然想去海边，那是天空之城的积水，我没有船，我趁着夜色，听着涛声从远方溢过来，打湿了我的脚，把脚印顺便带走了。

我需要一架钢琴，音乐不断，我不需要弹琴的人，这样我就可以踩着音乐前行，不用再体验颠沛流离。在音乐中睡去或者醒来，都应该是在花园里，可能会有芳香四溢，或者寂静如初。我这样安慰着失眠的自己，于是不再焦虑。

对面有三个窗户亮着灯，我想要做一个偷窥者，但什么也没有看到。更多的夜晚里那些安睡的场景使我逐渐安静下来并且明白，只要耳边流淌着音乐，无论睡着或者醒来都是休息的一种方式。

不要忘了祝福与幸福

不要忘了祝福，祝福是这个世界美丽的语言方式，祥和而且温婉，能让亲情如丝滑，让友情如桃脆，让陌生人如沐春风；能化干戈为玉帛，化悲伤为平和，化愤怒为宁静。祝福长者的垂善给我们福如长卷，祝福孩子的无邪给我们春光无限，祝福父母的海给我们两头是岸，祝福爱人的爱温婉如溪，祝福知己的知酒过百盏，祝福恩者的福祉绵延。

我梦到了一夜礼花灿烂，那些璀璨的烟火告诉我这是最好的日子，不要忘记幸福。这是一段真实的梦，在这个梦里，我生活得肆无忌惮。我寻着月亮的边，柔软而洁净的曲线，似乎那圆润的白是一座城门，一座无人之城，却在你走入时人声鼎沸。曾经的你奔跑着，欢愉着，点燃烟火，你终会忘记自己身在何处。有一匹马载着你从这仰望星空时的恍惚中绝尘而去，从此不再牵挂那些桎梏一样的词汇，你所前往的，是一个美好如云的无字之地。

由一棵白菜引发的思考

我取了一棵白菜的根部,将其浸于水中,它居然开始努力地生长,并且长得与众不同。其他白菜是长出一层一层的大叶子,它是以根茎的形式长出了树的感觉。这让我很欣喜,认为这就是物以类"居"。

这是一棵有态度的白菜,于是我将它展示给大家观赏。一个学生告诉我:毛老师,我被治愈了,谢谢您的白菜;我本来最近有点困顿,直到看见了您发的白菜;它不仅有精致的内心,还有好吃的外皮。他又进一步给我解释说:您看它保护不了自己,但这阻挡不了它内在绵延的勇气。

他给我讲了很多,从一开始走入社会想做清流的理想,到工作以来发生的一系列让他委屈甚至压抑的事情。他说工作中别人的不负责任却要他来承担,以致不得不整夜地加班。他想不通,所以觉得困顿,直到他看到了白菜。

他说白菜让他想起了一个大家都喜欢的同事。大家都想让自己能真正地立足于世，他认为困难时，别人已经找到了方法，而他还道阻且长。他感慨道：白菜的方法就是让人类喜欢上自己的口感和味道，从此在地球上生生不息。

我问他：你觉得白菜的口感美味吗？他想了想，说不是，单位的水煮白菜做得很难吃。

我告诉他，我说你忽略了白菜受欢迎的两个特质，身为一个在这社会上求生存和发展的年轻人，若具备这两个特质可能会终身受益。

白菜受欢迎的第一个特质是易储存。曾经一度冬天里北方都只能储存大白菜、土豆和番茄酱，到现在即使菜品丰富了，它们仍然被需要，因为这已经成为人们的习惯。所以先要做一个大家需要的人。

白菜受欢迎的另一个特质，也是更重要的，就是它和别的食材一起炖时，由于它干净的本质，它能够很入味，而且综合自己的所长呈现出独有的美味。大烩菜缺了它是不行的，又比如板栗白菜、酸辣白菜、泡菜，以及火锅涮白菜，等等，这就是借味养味。具体到做人，也就是要学会耐得住炖，学得会吸收。

他开心地继续去做事了。我不知道他是否完全明白了我的话，但他一定找到了自己合适的理解方式。就好像下午另一个极少联系的学生拍了我的书的某一页，发了信息说谢谢我的书，因为"可能某些字句就忽然成了某个人的避难所"。

许多时候就应该是这样，用自己的角色置换别人的思维，就可能获得自己的海阔天空。

晚些时候，一个好朋友发来他的一篇文章，讲乌鸦的尊严与它的特立独行。我说：你在看鸟，我在看菜。我看着我的长开花的白菜，独自笑了。它以这样一种态度暗示我对它的骄傲，我是听懂了的。我计划把它栽在花盆里，心想：万一它结出了果呢？

你品，你品，你细品

我写的东西像我这个人一样，不定性，四处随意跑着，或者愿意看的人不多，愿意看懂的人也不多，既不八卦，也不养生。

而我这个人也是，常被众人以为有智慧，但时时躲着众人，然后让众人误以为我无时无刻不在狂欢，不务正业，其实是喝着不掺酒的水，扮着宿醉的神。而实际上众人根本不会关注与其背离的人，所以我总能得过且过，在自己的世界里快活着。

远在西藏阿里的宇彦一直在看我的文字，时时写着《无定河边》来和，令我惊诧。他在那里守着漫天禅云，守着疾风劲草，耳边是古格王朝的余音，眼见是冈仁波齐的庄重，探手有玛旁雍措的圣洁，却能和着我唱一些不三不四的歌。

你品，你细品，倒也能想得通。就好像明明去赏花，看到了一个直入云霄的高塔，忙着数塔，竟忘了花。这一篇早晨证明我思故我活的文字本意是想抒发一下对于"你品，你细品"这句流行语的赞叹。

上面写道宇彦的原因和这个有关。《无定河边》第十一章，他写鹅卵石，用了一个曾经的网络语叫"然并卵"，我给他留言说应该是"燃并卵"，还解释说"即使燃烧也会以坚硬的石头形象继续存在"，而并非"然后并没有什么用处"。

他说他已经秒懂，就好像我之前写的"网络爆力"。

我喜欢一切新鲜事物，包括新鲜词，从前些年的"人艰不拆""香菇蓝瘦"，到这一句"你品，你细品"，我居然觉得有点开心，感觉就像是喝速溶咖啡习惯了，突然见到了一杯真正的手冲。

"你品，你细品"，类似于我挂在墙上的"知未了"，充满了活着的智慧，从物到事，从人到文，如果真的能够品着过，则无处不在鲜花处，时时枯木也逢春。

可惜人难免会狭隘地活在自己的思想暗示里，有着怎样的心，品出的便是怎样的味，疑邻盗斧，杞人忧天，若如此便须常念这句话。只不过这句话要改成"我品，我细品"，则诸事诸人就会和咖啡或香水一样，调调层出不穷，颇有豁然开朗的有趣。

被粉饰的真相

我们粉饰着日渐离去的时间和不可挽回的真相,并用铁栅栏把凌乱的房间与世界分离。那些花开花落的凋谢过程与花瓶无关,与水无关,甚至与阳光无关。精灵们偷走了花香,坐在那儿的是一张桌子,它见证了所有的变化,并凝视着喧嚣后的突然寂静。我们在,也或许不在,没有人可以雕刻下我们的行踪,因为空间的粉尘经不起风的轻轻一抹。

许多人问我活着的意义，我说活着本身就是意义。学会让自己轻松地行走，才不会辜负活着的意义。

请把自己还给自己，放过所有幻象带来的桎梏或者悲伤。放过自己，让他成为这天地间自由的马。

第四章

与众人
共处时
我也在独自思考

人生若能适时初见

人生若能适时初见
那些云的精致映入的
那些措[1]的斑斓
圣湖以她每一处幻象
预约着往来客的终点

人生若能适时初见
玛尼堆与风马旗的讲述
那些跪拜者的周而复始
那些我们无法进入的领地
他们的祈语
实际与我们并肩而行

人生若能适时初见
便没有恐惧和内心之战
远在高原的心静似水
比一只觅食的秃鹫更为简单

---

[1] 措:藏语,指湖的意思。

成住坏空

我眷恋的西藏，一切从容、有序、笃定。人们对于一切结果，都努力带着不介怀的心绪去面对，即使家里有人去世，会有哭声，但是也很低。平静地认知与接受一切，然后认真面对，这才是一种真正放得下的宽容。

想起一位朋友在去珠峰的路上看到寒风中兜卖特产的孩子后说，他们好可怜啊，父母好狠心啊！我说你的嘴巴带了刀子，见人不问青红便先伤而后快，而不是置身于他人的处境，所以你顶多是年轻气盛的虚妄。其实说完我又自省，说他时我又何尝不是如此呢？既然知道他有他的年轻气盛，又何必非教他成住坏空呢？

而这样的口妄、心妄和身妄在近期频繁出现，使我惶恐，如同与自己突然的遇见，尽管有些是善意的，但仍令我羞愧。我骄傲的法门瞬间闭合，在人群之中我惭愧着我的不为人知并尽力修复。许多时候，我们习惯于给自己的暗示其实就是自己的在劫难逃而不能自知。人生的获得就在于不断地放空，最后所有的经历才会成为天高云淡的满天星辰。

成住坏空是一个定数，就好像茫茫宇宙，我们没有能力去创造新的序列，但可以在既定的序列中完美自己的每一个过程，形成小的宇宙，来与自己相随而行。成住坏空不是暗示和要求，我们无须以法当则，不然成也空，住也空。要学会知道目的后把目的搁置，然后乐于享有和看清过程中的自我。最近又和人谈起命运，如果命不可违，但运还可以调整与修正，怕的是因为命而弃了运，空空亦空空。

成人的交友：给他三次机会

有一天晚上与一位商人朋友聊天，有些话聊了，有些话没有聊。

人人都是不易的。比如一位朋友开了火锅店，他和许多人叮嘱过，说我去了一定要免单。但我每次都会私下和收银员把账结了，我告诉收银员说，你们每一份工资都得之不易。

我已有很长时间不去酒吧，但有一个阶段，我在两个酒吧泡了很久，只因为酒吧的主人请我和他喝酒聊天。那个时间段，我私下在酒吧前台充了几千块钱，请别人来喝。许多人笑我冤，笑我是个吧托。其实并不是，朋友之间不谈相欠，但应设身处地为他人着想。

付出应该大气，而不应该抱着想要回报的目的性，那样会让自己的路越走越窄。舍得不想，才有可能意外收获。不要否定自己的恶，但要包容别人的恶。未必张扬自己的善，但要保护别人的善。交朋友，交则坦诚，不交可以陌为平行。

不要把友谊当作筹码和手段。功利就是功利,交心就是交心。

我从不惧人言可畏,也不惧背后刀光剑影,人人有自己的格局。道可道,非常道。若干年前,我认识一个人,当时叫他兄弟,他却令我三次陷入窘境,甚至对我的团队造成过灭顶之灾。第一次我原谅了他,第二次我也原谅了,第三次我把他划入了陌生人。

有人说我就是东郭先生,有人嘲笑我,恨我不义,怒我不争。我说我有一个习惯,就是我会原谅一个朋友三次。就好像我对那些对我不公允的事,我也会给其三次机会。一鼓作气,再鼓而衰,三鼓而竭。我处事也是如此,心大才能容得下沧海,心小则沧海可以覆灭万顷荒滩。

交朋友应不以富贵交,不因功利交。为结交一个人,可以躬身;发现其不可交时,也可以站起来转身。

人生是简单的,简单到无须多想。不要害怕那些他人可能加诸于你的利用或伤害,如果你不能忍,那么给他三次机会就好。

童话的间隙

云朵是一群顽皮的孩子，模仿能力极强，在天空与大地之间的舞台上，它们肆意演出着自己所看到的，包括了生长、死亡、重生或者灾难。更多的时间，它们模仿各种动物并拟人化，期望更多人能看到并予以这些动物同理心。它们演孩子时总是睡着的，或者保持着与大人们说话的姿势，很少跑动。云朵们是懒的，它们不喜欢哒哒哒地跑。它们不开心时会用雨水表示，它们开心时会用雪花陈述，这两种心情有了，它们会拿幕布把自己挡起来，因为他们并不想让别人看到它们真实的样子。

一座绿色的树林里应该会有草坪、花丛和斑驳的阳光，会有兔子、小鹿和干净的野驴。野驴是我在西藏遇见后并开始钟爱的动物，它们就像优雅的舞者或者绅士。偶然有一次，我看到它们过公路。在荒原里，一条新修的公路上，它们停下来，看着我的车，我也远远地停下来，怕惊扰了它们。看着停下来的车，它们之间产生了分歧。年长的意志坚定者想了想便掉头走了，有两只年轻的停了一下，然后过了公路。在西藏，人类放养的牦牛与羊群是不会顾及太多的，它们会在公路上散步或者结队横穿。这些都是好的，但我更喜欢这种顾及或者羞涩，这才是原始的态度。

安静

早晨醒来,窗外是尚未起床的夜,一辆车也没有,仿佛自己是在独立的村庄,但没有鸡鸣狗吠。安静的声音不是一无所有,而是你似乎能揣摩到蛐蛐的叫声,这不是耳鸣,而是在更安静的时候,你的放空可以信马由缰。湖水也是安静的,不起涟漪,我白天不喜欢这么安静的湖水,认为它不生动,甚至觉得因为人工的原因使它丢了许多该有的娇媚,而且色泽好像沧桑人的脸。这不禁让我想起羊卓雍措,西藏的许多湖也是静止的,却呈现出各种碧玉中的万千风情。我随即又否定了自己的这种分别心,哪一个湖都没有过错,上天创造了万物,却并不左右万物的生长与衍生,一切错综与分列才产生了可能的生生不息,一切冲突都是完美的,哪怕是恶之花。

行走的智慧

在开始一场高达6000米的行走前,我和一些同行者对话,我说如果没有相应的认知,行走可能就无法完成。并不是因为一定要有信仰,但起码要让每一场行走是在寻找自我的路上,要把行走的每一程与生活中需要的自我放空一一对应。我可能是在渲泄,讲了一个多小时,无论他人是否接受我的观点,渡人实则是在渡己。行走的路上,同行者可以不志同道合,但一定要相濡以沫。这种互相善待的修为其实很难,因为人对于事物的判断、性格甚至自私的方向都不相同。

朋友说佛法随缘,能走就走,不能走莫强求。我说你理解错了,只要已经在同行的路上,你就要学会去帮助甚至鞭笞他走下去,这不是他的福报,其实是你的修为。吃素者不要劝他人吃素,念经者不要劝他人念经,但你可以去感染他,让他知道这其中的好处。

在这个世界上你不需要改变他人,但可以善待自己。别人的滴水之恩当涌泉相报，至于别人是否认为你的涌泉不如他的滴水，那是他的事情，但你不能因此而停下自己的修为。一个人用口妄伤害你一万次的善心，他一定有他的目的，你坚持不了可以走开，但最好不要心怀恶意。

加过热的鸡汤

每一个人必须怀揣梦想，才能坚定地为这希望走下去。或许这坚定让人嗤笑，也或许只是为了掩盖不安与悲伤，但有什么关系呢？人就应该孤独在人群里，借着人群的温暖，寻找自己的方向。方向，或许根本没有方向，但依旧要坚定不移。魔镜啊魔镜，谁是世界上最帅的人？只能是我，必须是我，否则就换镜子。这不是无知，而是一种自信。你若不爱自己，又怎能奢求别人爱你？晚安，梦，那些童话的色彩已美丽无比。

如果天空已注定了你最美丽的姿态，那么让我们一起鼓掌庆幸你有天空相伴，我们在别人的镜子里自我欣赏，莫忘了定格的刹那有一盏优美的灯光。我们总在忽略本真，我们可以放纵一切言行与思想，而本真如一把刀剑，立在我们仰视的山巅之上。

让一切清脆的童话在夜晚如昙花一般绽放，那花瓣里的秘密通道在每个人想要到达的梦境之船上，湖水湛蓝，莲花盛开，天使穿梭倒酒，人人都能坦然面对，心无杂念。

阳光会与我们的飞翔结伴而行，因为我们的翅膀把我们带到了天空，四周都是阳光的地方。结伴而行的还有风和我们对于飞行不能停止的想象，使我们栖息的是树，送我们到达目标的却是天空，只有浩瀚的无边的天空，才能撑住我们努力扑簌的翅膀。

如果生活有灵魂

如果生活有灵魂，它应该是烟火里的木柴香，不油腻，也不熏呛，是故乡那种不拥挤的喧闹，是亲人最好的样子，心无芥蒂。

如果生活有灵魂，它应该是初秋夜的白月光，不暖，不凉，没有多余的心思，月亮里没有嫦娥和兔子，在充满花香的公园长椅上，灯是背景，却绝不晃眼，音乐是蓝调布鲁斯那样的干净，闭着眼，身体是空的。

如果生活有灵魂，它应该是新疆路上的冬不拉，是内蒙古草原上的呼麦声，是西藏一路的措又措（"措"在藏语里是"湖"的意思），是上海外滩的钟声，是北京城墙上的垛口，是广州夜市里的一碗粥，是成都茶馆里的摇椅躺。它可能什么都是，又或者什么都不是，想得起会有一滴眼泪，想不起只是一片哗然。

如果生活有灵魂，它应该是咖啡在舌尖上的回润，是茶在杯中的清晰，是雪茄烟叶片深处的热带香，是红酒的微醺。此时是没有白酒和人群的，他们如肉体的散场，不解灵魂的风情。

如果生活有灵魂，它应该会一次又一次心无杂念地写信，可能根本无处投寄，也没有人读得出感同身受，但却可能装得下你所有的倦怠、疲倦，甚至不堪。然后你点燃自己的炉子，炊烟袅袅，所有人都羡慕地看到了你屋顶的烟火，闻到了比大自然还要沁心的木柴味道。

无能的智慧

谈困境

曾经有朋友问我有没有困境，我说什么是困境？他说就是举步维艰、处处是壁时。我知道他因为借了一些钱还不上而一筹莫展，其中也有我的一部分，而彼时我也正处于无收入状态。我说你现在怎么想，他说我现在一点偿还能力也没有，负重前行，感觉死路一条。他说我怎么感觉不到你有困境？

当时我的回答是，我说你感觉到了有用吗？他说没用，但我感觉你没有困境，还有些余钱，所以一直也就没和你说过还你钱的事啊。我说那是你的问题，不是我的。一个人若不能轻装上阵，甚至负重前行，怎么可能走得又快又远？

我特别喜欢一家洗车行，七八个聋哑人埋头干活，快乐忙碌着，十年如一日，但大街上也有许多装聋作哑伸手的人，所以谁在谁的困境里呢？

困境不是绝境，这世界上许多人把自己逼在一个角落里，就认为自己到了绝境，岂不知放下焦虑，卸下背负，一回头，往往就是海阔天空。

情绪

十月，一切婆娑迷离，那些成熟的秩序，在收割机亲吻麦子的声音里，扑簌倒下，惊起的小鸟与蚱蜢也是这样，抖擞着新鲜的灰尘，在光线里泛着七种油彩，我全身浇濯的油彩，使我通透而并不羞涩。这是一个极度浪漫的季节，收获代表着结束，而沉默代表着沉沦，那些出奇不异的光线震撼了我们无处安放的眼睛。在十月，这种情绪尤为难得。

我停了下来，做了一个梦，这并非刻意。我本来想写一首诗，这诗不歌颂也不愤懑，它会像一面镜子反问我：世上最喜欢你的人是你，那最厌恶你的人呢？它会调皮地唱歌：是你是你也是你。

那些欢悦如童话的云，那些早晨的露珠和美妙柔和的斜阳，那些小鸟的歌声逐渐远去。我用眼睛默写着与它们相互温存的日子，随即放空，就像一些野鸽子在四季的田野，而四季也和我一样，并不刻意依附于某一个景象，那些云烟终将淡若无痕，别人对我们也注定一无所知。

在阳光下，我做了十个梦，它们互相开着玩笑，像十只小鹿，蹦哒哒着十分热闹。我的笑容就像漫天的云霞，如果疲倦，我会静止；如果困顿，我会睡去。不急于表述，比说话时更加唯美。

一期一会

生命本是一种重逢，又怎知这一世的相见不是上两世的约定，所以一期一会，欢喜自在。如果让昨天的事影响着昨天没有看透彻的迷茫，让明天的事左右着明天怕发生的惆怅，反而伤害了最该珍惜的当下。

唯有当下，没有过往。因此我与许多人和事之间保持了刻意的距离，和距离产生美无关。没有相聚，没有别离，没有对错,心安即好。只是心安说起来似乎简单,实际却又是那么难。人们往往带着昨天走入今天,而后想着明天,负累太多,反而把当下的幸福弄了个稀碎。所以一期一会,讲的就是我们应把遇到的每个人、喝的每次酒、做过的每件事都当作唯一,不是让自己伤感,而是告诉自己要善待一切,要好好爱自己,珍惜当下,不要徒增沧桑。

冲击玻璃的鲨鱼

有一些无法逾越的情感会修筑起我们不得不背负的房子，我们住在其中，或慨叹，或愤怒，或习惯，但终究无法找到可以打开的门窗。曾经有人把凶猛的鲨鱼与一群热带鱼放在同一个水池里，然后在中间加了一面非常厚的强化玻璃。开始的时候，流口水的鲨鱼每天冲向热带鱼，但都撞到了那块看不到的玻璃上，它始终不能过到对面去。它试了不同的方向，每次都是用尽全力，每次都弄得伤痕累累。过了很久之后，鲨鱼不再冲撞那块玻璃了，它在自己的水域里依然凶猛，但对热带鱼视而不见。当人们取走玻璃，它也不再游过去，甚至可食用的小鱼游到热带鱼那边，它也只是看看而已。有人说它蠢，说它懦弱，其实它只是在追求的过程中受尽了凌辱与折磨，那情感里无奈的痛，旁观者谁又能体会。所以，不要嘲笑他人走不出某个房子，也不要痛苦于自己所背的房子。选择一种情绪或者寄托，让自己坦然面对现实，一切就会轻松许多。

瓦尔登

那日看到一家叫作瓦尔登的书店，在热闹的市井之间，顿觉一切安静了下来，似乎刹那间旁若无人，瓦尔登湖的风带着湖水的微微腥味扑面而来。若干年前父亲送给我《瓦尔登湖》一书作为生日礼物时，他一定没有想过，我在后来许多时候习惯了梭罗那样的行走方式。尽管对这本书我常常翻阅，却从未认真地逐字阅读，即便后来寻到这本书的完整札记时也是如此。不是不喜欢，而是舍不得。我可以挥霍和无视财富，但我对于美丽句子的爱是足够自私的。我担心有一天我的思想会被它们牵引，而我喜欢我的思想是个顽劣而自在的孩子。当年海子自杀时身边就是这本书，这是一种暗示，面朝大海的春暖花开与面朝湖畔的春暖花开是不同的。

偶尔舍不得地翻阅时，我也会记下心得，比如某次我写了这样一段：

对话可以一个人吗？对话可以两个人吗？对话可以一群人吗？旁边音乐如小溪般流动着，我沉寂在语言里，那是梭罗的语言和舞台，是我如灵魂一般地进入，还是梭罗如灵魂一般地再度到来呢？父亲在若干年前送给我《瓦尔登湖》做生日礼物，当时的我如一个湖边奔跑的孩子，那些跳跃的思想如同清晨的鸟叫般令我欢喜，后来在蓝院咖啡馆偶然又翻阅这本书，那些愉悦中盈余的孤单令我就像一位落寞诗人，面朝大海独自坐着，任海风吹拂着我的长发。而今天，没有了长发与青春幽怨的我在早晨，又走近瓦尔登湖，走近湖边发呆的梭罗，却是空境，眼睛里，手指里，脑袋里，脚步里，耳朵里，一切皆无，就是风景。那些生动的活泛的景致，那些路过的简单的人与飞过的一只鸟，湖水波动的晶莹与树梢上红润的苹果，我端着的不是酒，就是一杯清水，与梭罗干杯，没有对话。一个人可以不说话吗？两个人可以不说话吗？一群人可以不说话吗？

秋日私语

秋日的红叶是钢琴最好的曲谱吧,倘若没有突然的寒凉和干燥的风,那些泛着红润的金黄,藏匿着生命脉络里最好看的部分,在经历了蕴育的长夜、初生的卑微和生长的爆裂之后,它平和地呈现了诗歌之美,钢琴最柔软的部分可以尽可能地诠释这一切。

在一座新起的山下小镇,藤蔓铺满了墙围,而这种生命在秋天如瀑布一般的展示,给了小镇来访者一种暗示:倘若他们能够独立于拥挤之外,拥挤便是另外一层幕墙,色彩炫丽,却不知所终。而这个世界秋天色彩的冲突比比皆是,从沙漠到草原,从山地到海岸,我的朋友们把这一切当作天空的过眼云烟,给他们留下了它们最美的遗迹。

寒凉的雨和干燥的风可能是对于美好最完美的诠释,尽管画家、写作者和歌者可能并不愿意面对这个事实。他们并不愿意但不得不梳理树林的枝丫和土壤的枯叶,让那些绚烂逐渐谢幕。这种痛苦的、不舍的、忧伤的属于季节的告别,也是生命的重生。人们并不关注这一点,他们蜂拥而来,蜂拥而去,然后换一件厚的衣服,平静地迎接下一季的暗示。

自然的干净

土地在冬天变得坚硬,而我们试图让它复苏,对于万物的想象都应该立足于实践,而不是停留于臆想。对于所有未知的变故,我们无须担忧,这样变故到来时,我们才能从容。对于所有已知的成就,我们无须炫耀,这样在失去时,我们也就不会惆怅。没有什么行走值得谈颠沛流离,没有什么事情非要讲义无反顾,只要保持当下的热情洋溢,不掺水分,早晨醒来就会神清气爽。大雪无痕,但雪下,是一片存在于天地间的自然的干净。

第五章

有一些
开朗
必得豁然

总有一种咫尺天涯的美感

总有一种咫尺天涯的美感

在梦欲醒时记忆犹新

或在经过的天空之城

以虹的姿势惊动我们

若不经意,或沉沉困倦

便可能稍纵即逝

总有这样一种最美的展现

被我们错失良机

总有这样一种美感

带着禅定之心的暗示

经过我们

像云层、彩虹,或者一群羚羊的奔跑

或者还会有疲乏的路途

无休止的猜忌、无法弥补的裂痕

和冰天雪地茫茫的恐惧

经过我们，咫尺天涯

然后被我们瞬间风化

吹尽而散去

成人的对话

和一个久别重逢的朋友一起聊天。久别重逢不是指见面，而是指成人世界里的错综复杂，以及跌宕起伏之后的咫尺天涯。

他谈到了背叛、痛苦、迷失、挣扎、责任。他相信自己能绝处逢生，我也相信，但是我告诉他，在任何时候，都应越低谷越积极，越辉煌越平静。

生命最重要的是均衡，是龟息大法，是有为，是无为。不要急于去改变那些自己认为不改变就没有办法获得重生的东西，也不要急于去争取那些根本看不清真相的结果。要敢于被人伤害，要敢于原谅，要敢于壮士断腕，要敢于凤凰涅槃。可能原谅很难，但是一旦原谅，生命就会豁然开朗。

他告诉我，他的修为不够。我说不是修为不够，也许是不知道怎样修为。其实修为无处不在，重要的是我们是不是能够保持平静。这样的谈话，在当天晚上和一个 20 出头的陌生男孩以另一种方式重复进行。一个月内，我把他从崩溃边缘拉回到了镜子前，然后一直陪伴着他走出了困境。

谈话的内容相似，一切都很相似。其实生命就是这样跌跌撞撞，重重叠叠，所以不必太在意。凡事太过在意，就会给自己扣上一个死结。

不要匆忙掠过，才能有所收获。高原缺氧的目的或许也正在于此。

不要辜负世间之美，不止风景，不止人心，不止善良，不止陌生。

无云的天空、无茶的水、无字的书、无意义的觉醒、简单的菜里不简单的期许……这一切都好吗?

成人的自由（一）

生活不只是眼前的苟且，还有诗和远方。这句话最大的意义，就是给了我借题发挥的机会。我更年轻的时候，无数次在讲台上大义凛然地纠正这个观点，在我曾经拥有讲台的时候。

似乎是想要说服别人，但其实别人很难被说服。每个人都有自己的伦理标准，即便困顿于内，却也不肯自拔。即使被你说服，也是应付性地出来看一眼，走两步。风吹起浮尘，他就会把头缩回去，在自己认定的世界里，守着自己的法则。

所以，在和别人阐述这句话时，我更多是为了保证自己的航线，避免各种波动的干扰。这个世界的能量场太多，以至于我们很难控制自己的能量。

关于这句话，我年轻时描述的观点是：生活没有眼前的苟且，才可能有诗和远方，否则带着苟且上路，处处都是苟且。或者把苟且置之不理，但终究有一天还得面对更多的苟且。

而我现在的想法则是：生活要懂舍得苟且，舍得，舍并且得，这样才可能有诗和远方。

曾在朋友的公司列席会议。看他惊涛骇浪，看他拍案而起，然后在他出去的时候，我和在场的员工轻轻讲大家要理解他的压力和承担的风险。

我不确定他们是否愿意去理解这句话的含义，我只希望能缓解他们可能会有的压抑和不满。这个世界所有的岁月安好，其实都是要自己懂得负重前行。

有时候我们可能没有能力承担这个世界给予我们的责任和角色。这个世界上我们遇到的每一个人都是苛刻的观众，都是首映式上带着笔和本的观众。如果我们不懂得角色间的转换，如果我们不懂得不喜不悲、不嗔不念，如果我们不懂得适可而止，如果我们不懂得急流勇退，如果我们不懂得宁静致远，如果我们不懂得忍辱负重，那么我们的角色就很单薄。微风吹过，我们就会摇曳；狂风卷过，我们就会被撕成碎片。

成人的自由（二）

我的一个朋友告诉我，成人也许是不应该有自由的。我们探讨幸福感时，我问他：你幸福吗？他说不知道，只是觉得很疲倦很累，甚至会感觉到一种崩溃。他说根本不知道自己奋斗的目标和理由，也不知道自己失败的真正缘由。他说他没有做错什么事情，只是感觉到世界很不公平。

其实成人的自由是容易实现的，就是杜绝迁怒迁悲、怨天尤人。所有的埋怨与愤怒都是自己的屏障，所有的退缩与懦弱都是自己的陷阱。成人的自由，是为自己所参与的世界尽心尽力，同时也要为自己的生命修缮好沿途的灯塔，让自己的生命有它的价值。

曾经有一个朋友，也是我的学生，在刚结婚后的一个月，就想着如何离婚。曾经我的另一个朋友，在结婚 30 年后还在想着如何离婚。他们的理由高度一致，就是没有自由。似乎进入婚姻爱情就会毁于一旦，而所有的包括价值观在内的碰撞，都让人全身脆若齑粉。

其实人生哪里有那么多说走就走，哪里有那么多说放下就放下。杜冷丁可以使人缓解病痛，也可以把人带入幻境。罂粟花可以让人赏心悦目，也可以让人意乱神迷。关键在于要清醒地去把握这其中的度。

成人的自由是可贵的。一个人如果失去自由，失去了做人的尊严，失去了自我的本性，那他一定很痛苦。人从生到死就好像一部电视剧，所有的人都不希望看到最后是个悲剧。所以作为成人，应该为自己设定一个剧本。这个剧本里可以是自己一个人，可以是另外一个包容自我的世界。

这两个世界其实是相通的，但并不相同。最近流行的量子纠缠，也许可以阐明这两个世界共有的存在价值。

成人世界里的无可奈何，不需要否定，不需要嘲讽，不需要同情，不需要怜悯。所有的无可奈何都可以柳暗花明。重要的是，我们是否端平了自己的心，就好像端着一碗清水，然后在春天最美的花丛中忘我地缓缓前行，不洒一滴。

成人的童话

现在越发地感觉到,生命之中充满了灵气。

那些季节的变化,让我觉得这个世界就像一个人,它穿衣、脱衣,它哭泣、狂笑、愤怒或缄默。它喜欢自己儿时的不谙世事,也挥洒着青年时的意气风发,更懂得欣赏中年时的山水之美,还知道珍惜晚年时的孤独而不悲伤。

比如我看天上的云,在雪域高原,我觉得它们像童话王国里清晰的车水马龙,在与这个人间对望。而在有雾霾的时候,我感觉它们就像神的情绪,或者是一个巨大的口罩。

最近我在一块非常干净的土地上种植羊肚菌。那些菌丝的游走,朝着营养袋里那些食物的方向。长大后它们开始和土壤亲密接触,我甚至能听得到它们的呼吸,而这样的呼吸,我在很多植物的身上都听得到。

我看着它们长成婴儿,看着它们成为孩子。我的喜悦不全是因为收获,更是因为感觉到了生生不息的力量。

我很喜欢生生不息这个词。我觉得人生就像一本巨大的童话，它可能不完全是快乐的格林，也有可能带有很多安徒生的悲伤和灰色。但是总会有一个送甜甜圈的老人、一只七色的鹿，或者有一个女巫，在你的耳边把你叫醒。

我曾经拥有很多的童话书和很多的玩偶，到现在也是如此。我可以和孩子分享这些美好的生命，但更多的时候，我独享着它们带给我的幸福。这种幸福来自它们玻璃做的眼睛，里面能折射出玻璃的心，它们毛茸茸的身体能够给我的睡眠带来更多的安宁。

从小的习惯，除了秩序，别的我一直保留着，比如我喜欢看蚂蚁在乌云来时的忙碌，喜欢看蝴蝶和鲜花窃窃私语，喜欢早晨的鸟叫，不管它是喜鹊还是乌鸦。我喜欢庄稼，喜欢看庄稼在风里摇曳，好像在手舞足蹈。

万物有灵，我喜欢这样的表达。每一个字，每一个句子，和每一匹奔跑的马一样，都可以把我带入非常愉悦的无人之境。这是我的成人童话，它属于我一个人，在我的城堡里，把自己安放于此。

成人的疑问

《月亮和六便士》以著名画家高更为原型,探讨了深刻的人生议题:我们是谁?我们从哪儿来?我们到哪儿去?

当梵高把自己的耳朵献给高更的时候,高更没有像一个孩子拿到了自己心爱的玻璃球那样欣喜若狂,而是像个真正的成人一样落荒而逃。

许多朋友在和我聊天的时候,都会发出一个共同的疑问:我为什么要这样做?我凭什么要这样?这个世界到底怎么了?每个人都试图假想:如果能够重新来过。

有一个企业家,或者说是过去的企业家,或者说他从来没有当过企业家,他只是曾经有钱,就好像他现在没有钱一样。他哭着跪在地上,然后又坐卧不宁地想要表达,但没有一点力量。朋友悄悄告诉我说他一夜之间变得一文不名,总是被他颐指气使的妻子也离他而去。朋友说他以前不是这样,曾经的他习惯于傲视群雄。我说我明白，因为人性缺陷里有一点，就是只能繁华不可落寞。

成年人和孩子的区别在于，孩子更懂得尊重自己的需要，成年人则走在各种各样的虚妄中，逐渐背叛了自己。

在成人的世界里，面对自己的方式有很多种，但一定要保证真实。面对真实的处理方式也有很多种，不一定真实，但起码要做到周全。

周全不是牺牲，不是伤害，不是欺骗，不是委屈。周全是懂得恰到好处地处理事务，懂得丢弃，懂得装饰，懂得距离，懂得规避。懂得为了自己的尊严，不被他人约束，然后在不被他人约束的前提下，懂得给予彼此共有的自由和权利。

成人的宽容

曾经有一个朋友因信任他人而受到伤害，我送了句打油诗给他：心中有爱比天宽，伤你一时又何妨，不定他有难言隐，真相来时悔当初。

其实我还有一句话没有说，就是信任本身就是单方面的一厢情愿，因此要有一颗敢于承受这种代价的勇敢的心。你的付出自有你的回报，但未必是在当下。放下就没有负担，往坏里想不如往好里看，自己还慰藉舒服很多。

让每个人有尊严地活着的背后，是我们自己要学会守住自己尊严的底线。有尊严地付出与有尊严地感恩同等重要。善待帮助过自己的人，因为他给予你需要的支持；善待那些需要你帮助的人，因为他给予你付出的机会。

在每一个早晨，以梦为马，以死为生，以遗忘为新始。清晰的对白和如马赛克一般隐去的烦琐，抽丝剥茧，竟如庄子一般化蝶，却没有看到花丛，于是停留在一泉流水的石缝间。以梦为马，似乎是梦的境界，梦里玄幻之美，带你入云外山边，尽享天涯之美。而我的清晨却是马的境界，马把那一夜负重的我载起，驰骋而去。我经常在早晨4点醒来，在太阳升起时睡去，看着自己渐行渐远，直到再次醒来，我已忘记了那一个奔向远方的我模糊的样子。

那些让我们感到真实的，实际上是我们对于未知的惶恐，或者难以言表的羞涩。而刺疼或者感动，不过是我们对于自己的抽丝剥茧。由于我们与生俱来的偏激与好奇，使我们丢失了自己的本真之纯净。所以我们往往拆穿了面对，而破解了格局，这种格局不是胸怀天下，而是眼界之美。珍存美好，不肆意拆穿，当下便可获得最简单的真实。

尽管有些原谅的过程抽丝剥茧，但其实是我对于自己疼痛的最高表达方式，就好像一场虚脱，又何尝不是一种重生。

成人的自省

在聊事的过程中，避免不了聊人。有一次在两个小时的电话里，半个小时聊事，剩下的时间都在辩论是非，其中有些事也波及我。我笑了，说，你知道吗？世上有三件事是收不回来的：说出的话，射出的箭，失去的机会。何必因言语而丢了其他。佛经说：修行先修口，不行口妄之灾，十八层地狱的第一层，可就是拔舌地狱，多疼啊。

他说，人言可畏。我找了句话给他：目妄视则淫，耳妄听则惑，口妄言则乱。随后，我又整理了一段自己的文字，发给了他，我说我常自省：

一省自己的无常。万物有源，花开有根，自己应有定性。越高飞，越应卑微，这样才能控局；越低谷，越应蓄力，这样才能启程，而不是陷入泥淖。

二省他人的无常。不给他人下定论，而是要学会了解他人的无常。一时妄自菲薄的评价与行事可以自我原谅，但如果不知自耻，不明，不辨，不改，则是自己的疮痍。

三省凡事的无常。事物并不是循序渐进或循规蹈矩的，不能以不变应万变，更不能以万变应万变，要学会进入变化，伺机而跃。

四省自己的虚妄。时时修正虚妄，更应时时制止虚妄。要三知，知耻、知止、知度。不要伤害他人，可以伤害自己，但要懂得止血、止疼、止裂，不可坠落。

五省自己的虚无。来，无，去，无，本来无一物，何必惹尘埃。

成人的在意

有一个好朋友，他的日子过得很不错，有自己的饭店和公司。但在一场酒局中，他受到了挫败，便拉着我散步，并表现出了这种郁郁寡欢。

起因很简单，另外一个比他经济上强很多的人，可能是他的客户，告诉他说，你太装，喝酒不行。他从羞愧到落寞用了三个小时，又和我用了三个小时来化解这种情绪。

我告诉他，这只不过是每个人骨子里的那种自卑使然。他急于解释，说这不是自卑。他讲起了他的好日子，意思是说，一个有好日子的人是不会自卑的。

我告诉他，自卑是人的天性，人为什么会受伤害，会被言语伤害或者会用言语去伤害别人？都是因为自卑。

一个飞扬跋扈的人，言语犀利，不介意伤害任何人，仗着财力或者权力，说明他自卑，因为自卑，才会拿着矛来当盾。

相反一个从不伤害他人、处处退让的同样身份的人，他也是自卑的,他拿了自己的盾,当了自己的矛。

成人是喜欢在意的,这是做人成熟最有趣的一种表现方式。

成人的在意是很可怕的,成人的在意往往会让自己丢失本心,不辨是非。

让他人在意自己,或者说促成这种在意的行为,又何尝不是自卑的表现呢?矛盾双方的背后,往往有一个或一群加剧矛盾的人。

其实,他也可以成为一个矛盾的化解者,但他为什么不这样做呢?或许也在于内心的卑微,恐惧于这个世界的平衡平和。所以我们见过化干戈为玉帛,但更常见的是,化玉帛为干戈。

常有人抱怨,或者在朋友圈里发一些该如何感恩的帖子,或者感恩什么的帖子,其实正出自这种在意和不甘心。

为什么很多人会感慨做孩子真好,因为小孩子的在意往往只有一分钟,不伤筋动骨。但成人的在意,一伤就伤到了内心,所以不妨学习如何重做一个小孩子便好。

以直视太阳的方式洞悉黑暗

早晨起来写了一个句子：如何洞悉黑暗？以直视太阳的方式，直到目光涣散，眼中只有盲光。窗外阳光正好，屋子里暖暖地演绎着冬天的假象。然后出门时，凛冽的寒把这一切重新归置，有些遗憾的是大棚温度突然降到了冰点之下，心疼那些萌生的菌宝宝，即使连夜点了升温块，但与突如其来的冬寒相比，升高的温度弱弱地好像茫茫戈壁中的烛光，继续想办法，但一切都是定数。这一刻耳朵被冻得生疼，我却偷笑了，这么多年的暖冬，这样早的冬寒，竟然会洋溢着久违的幸福感。我喜欢这样刺骨的冬寒，我甚至觉得此时应该伫立于荒原上，行走于坚硬的雪岩之间，似乎自己是亿年冰川中那一股清澈的溪流，以缄默而执意的方式证明着自己的活着。

不必经历

许多朋友和我聊天时，会有一个想法，说想要经历一下生死，那样也许就会将一切看淡。我说，何必经历，就当已过。朋友问若事情真来了怎么办，我说来就来了，随它去吧。你选择不了到来，但你可以选择离去。朋友又问俗人杂事很多怎么办，答曰看不见看不见。

合作伙伴告诉我，他想要达到的目标是做游戏规则的制定者，我说没有问题，关键是要有一款被你看穿本质的游戏，你未必是好的玩家，但你心里有通关的秘籍，手上有可掌控的核心技术，那么你便有条件成为规则制定者。

第六章

**向万物
问早安时
心存美好**

逸者终会轻唱

那些现实的想象

在想象中渐被放逐

那些承担的放弃

在承担中趋于静默

歌唱者喜欢草原放歌

而旷野凌厉时他已远离

写诗者尽是风花雪月

灵魂底处却残垣荒漠

于是我们一生志在

拯救与逃脱

那匹大汗淋漓的马

更习惯在梦中悠闲自得

那里逸者轻唱

草原安详

于是我们重新振作欲望

持起一世轻狂

一次次奔突折转

那些穿越现实的想象

终会打碎现实的阻挡

早安，善恶

如何善待他人？就是不吝。不吝目的，不吝过程，不吝赐教，他可能内心憎恶、谩骂、不解，或者误读，但你不能自视甚高，这是你的善良与豁达。但这不代表盲信、盲从或者盲然，我们还要学会探本溯源，表象上的衣服遮盖的躯壳各有千秋，如果要有交集，则必须察言观色，就是要设定考验，要反复试探，要推导求真，善才能保全因果。比如喝酒，如果控制不好，酒会让人疯癫；如果控制得好，人就能时时清醒，雾里看花，镜中望月。所以善恶如饮酒，饮的不是冷暖自知，而是我思故我在。

支点

当所有的事与愿违都纷至沓来，我总会静下来，找到中间那些好的部分构成支点来搭帐篷，用来休息与看星星，荒原的凄凉终会变成夜空的璀璨，纷至沓来的火把也会变成篝火，围在一起跳起锅庄。所以事情越多我反而会越冷静，如果对最不好的结果都已经能欣然接受时，所有的跌宕起伏都会成为你所观赏的戏剧，所有的意外收获都可以成为惊喜。质量守恒、相对论、量子原理才会在事情中一一对应。

凡事预则立，不预则废

凡事预则立，不预则废，这里的预不是立判当下的成功与否，而是你对于失败与成功是否具有承受力，是否有深谋远虑的战略，一切看似无定律的背后其实都是抗阻定律，一切看似有规则的背后可能恰恰经不起风吹雨打。有些人经不起失败，是因为不能为可能出现的最坏结果做预案，而且没有反戈一击或鹰击长空的谋划；有些人经不起成功，是因为对于成功后的路没有沉稳的设定，有可能忘乎所以，所以成功者要如履薄冰，失利者要智勇双全，不以当下判得失，莫以眼前笑他人，曲径通幽耐得住，千里之外，必有桃花源。

相信，比判断更接近真相

和朋友谈到了人之初的善恶，然后在随意的喝茶饮酒之间续着情义，这对于我们其实是尴尬的事儿，因为就我对于互知互喜的定义，最高的友情应该是欢喜到无话可说，相对以默。所以我没有圈子的话题，人群之中，要么聊事，要么敷衍，敷衍间也是天上天下只有自己的肆意桀骜。我知道这样不好，但对于生命的独立性而言，于我、于我们而言，这样可能是最有效的一种方式。老赵也是，他以一种孤单的堂吉诃德的方式应对着世间万象，然后在阿里5000米的地方终日吸氧失眠，我常远远看着他的那种燃烧，然后让他感知我在远处就好。其间我们还无意谈到了真相，这个话题我们在阿里就聊到过，这次也聊到，又很快回避了。世间万物，你看到的都是一面，或者是你愿意相信的他人给你的描述，或许并没有真相，一切历练着的是你本质里的善良与宽阔。相信比判断更接近真相，但又有多少人真的愿意为了真相而去做独立清晰的思考呢？

格局杂谈

所谓格局，在于舍得之间取舍弃得，在于忠义之间义字当先，在于信任之间守信而任。怎么讲呢？敢于舍而获得的东西才会满而溢，也叫回报，就是量变积累多了而产生的质变。如何权衡忠义？一定是义带动忠，不义不忠，听说过愚忠，却没有人聊愚义，但这愚里夹裹的一定是私利，眼前之利。信守承诺一定是第一的，要么不许，许必行，行必践，才能得到海阔天空的机会，要想办法践诺，或许诺前要有十分的把握来还这一分，否则代价太大，路会越来越窄，更不能避让，一时之偷机，一世偷渡，只有懂得信守，才可能任你天地纵横，所以破坏格局的蛀虫一定是内心的小气。也有人判断对错，产生犹豫与抵触。其实凡事最怕的就是判断已知，一切已知成为未知，格局就会是一盘散沙。你视他人如眼中芒刺，又怎知他人视你不是眼中梁木。这里不讲换位，也不讲格局，人人皆独行者，成功的人自有自己的法则。

卸载

我每次自我卸载的过程都是有意义的,箭在弦上,满弓到极致,弓要稳,箭才能射得有力,然后只为了听那空弦的声音。那种声音是真正的属于弓的诗与远方。我是一个对于拿得起放得下充盈有道的人。人生犹如瓷器,要懂得欣赏与把玩,要带着珍惜感去收获与舍得,要懂得拿得起的价值和轻放后摆在高处的傲娇,然后继续前行。不能让利己成为负重,凡事以益他完善自我。世人皆以混沌眼纵容自己对于世界的判定,总要有人清醒,那就是没有对世界对凡事对凡人的二心,纯粹而热忱。

万物静默如初

我的缄默与窗外的静默互相对视,而之间的车水马龙、滚滚红尘犹如河道里的淤泥流沙,一遍遍被澄清,然后混沌,然后澄清,然后逐渐消逝,双耳不闻。等待有光的时间必有这一刻的寂静,寂静之地,万物可有可无,我可有可无,这便是一种欢喜,似乎万劫不复,又像是凤凰涅槃,但这欢喜无我无他,无山无水,无云无雨,无天无地,无善无恶,既没有万箭穿心的责难与构陷,也没有小院悠然甲天下的出走与回归。此时神也无视于蛇,佛也无视于魔。

不以底线论是非

用平静的似乎带着懈怠的心情观察诸事、诸人，你就会发现，有些人是有底线的，有些人没有。那么这底线到底是什么呢？

底线有维护价值观的底线、对事物要求的底线和对人的习惯要求的底线，但底线又是相互的，周全的人会顾全彼此的底线，做到所谓的人艰不拆、人坚不拆。

这里想聊的，是在混沌情况下放弃底线与不探底线的一种做法，也是自己做事情的一种思维方式。

所谓放弃底线是为了自己的愉悦或者心安，比如在一个环境里忍受制约，无法成长，底线心态会让自己滋生痛苦或愤怒，此时不如暂时放弃底线，当一个修行人，做一回姜太公，心静自然海阔，海阔便能蓄力而发。

所谓不探底线，是指为了自己要完成的事，不要对他人设底线，而是让人和事充分水落石出，这样才能步步为营。形势不明朗是正常的，不要轻易出手与较劲。此外不要对自己设限，要智察力取，用心观察与判断，而后竭尽全力去获得机会。不要拘泥于框架，条条大路通罗马，但前提是，过河之后，无论结果好坏，莫做拆桥人。搭桥人善得，拆桥人顿失。

慢慢

慢慢走着，慢慢想着，然后慢慢就不想了。在秋天慢慢落幕而冬天慢慢开启的时候，每一片叶子都表现了一生之美，经于四季，美于刹那。沉默的它们淡然地睡着，并不想醒来，任谁歌唱，任谁走过，皆是如此。

而慢慢想，就如同对着望远镜聚焦一般，能看清楚每一个细节，而面对混沌时的疑惑也会成为一种喜悦。慢慢想时，因为情绪而产生的许多变化就会剥离情绪，看到变化之后最简单的真相。因为情绪或者环境而导致的误判往往如碧绿的湖水，看上去的美丽掩饰了我们对于清澈的定义，所以慢慢想是一种聚焦，也是一种过滤，它需要的不是坚持，而是耐心，是对于期望的喜悦和对于目的的笃定。

第七章

**西藏时光里
我在想什么**

云的内心一定是自由的，身体轻盈，无拘无束。它们是属于天空灵魂的创意，吹着口哨，变幻莫测，从不闲停。

阳光会与我们的想象结伴而行，想象就是我们的翅膀，把我们带到天空，带到四周都是阳光的地方。结伴而行的还有风和我们对于飞行不能停止的渴望。

今夜让文字愉悦时光

没有欲望的早晨黄昏

行走到纯粹的无法想象

咖啡在高原严重缺氧

唯有甜茶洋溢着闲适的香

我们道貌岸然地奔忙

并拿奔忙当作自己堕落的伪装

但那些俗世的尘套

经不起一场风沙掠过的想象

于是，目瞪口呆，黯然神伤

其实不过是镜子里折射的真相

关上门，一切便寂寥无声

今夜让文字陪你愉悦时光

一月一日

我不喜欢一月一日，就好像我不喜欢每一次遇见也代表着一次告别。

我不喜欢记住时间。时间像是一个巫婆，会变出糖果，也会变出一条蛇。那条蛇是时间的造化者，它诱使那个叫作夏娃的女人学会羞涩，然后启动了时间的魔阵。12个神仙和12个魔鬼开始惊醒，他们彼此忘记，却又彼此仇恨。在时间来临之前，他们是友好的玩伴，心无旁骛。天地未开、宇宙模糊一团时，人们管它叫作混沌，一个苹果分割了它，或者是一条蛇。那蛇生长自本源，那是我们内心最深刻的地方。它是我们的镜子，它开启了时间，丰富了我们的色泽，使我们眩晕，却一直向前狂奔。

在一月一日，我们欢喜而悲伤。幸福就像冬天里冰凉的风，打得我一激灵，却不知所为何物。

我的月亮是昨日的时光

我的月亮是昨日的时光。为了这一个句子，我行走多时，带着夜的疲倦，穿越了信仰的烟火，而它居然真的那么让人匪夷所思。在祥和的世界里，洁白的月亮安静地待在那里，这让我有了这个句子，就好像花结了骨朵，然后需要绽放的契机，这不需要天时地利，因为自己灵魂的花园，修剪者唯有自己。

我的月亮是昨日的时光，笼罩的万物是我内心的草场，还有什么？我的灵魂骑马而过？灵魂，是我活着的躯壳，而马，这是一个句子吗？也许和这句子一样，是更多的断壁残垣，它们以苍劲的落魄修补了我更多的无可奈何，并用月亮打灯，阳光作陪，渲染了我行走的风格。

我们走过的所有生活

疲倦像一把尖刀，用刮骨疗伤的方式，浸泡在我爱喝的美式咖啡里，以混沌的色泽暗示丝滑，以柔软的姿势表现疼痛，我这不是诉说痛苦，那种悲伤的情绪早已和我无关。曾经走过的所有生活，在我的草原留不下任何印迹，风吹长了草原那茂盛的绿，而脚印则被淡化在了不断摇曳青草的风里。

我们走过的所有生活，假想的依赖，万众瞩目的孤独，王者的高处，匍匐者的谦卑，每一种喜悦的言不由衷，抑或每一种忧郁的不明就里，就那样挂在了我们的墙壁上。你用灯光可以把它装饰得很美，谁也记不起，你当时是怎样的情绪。

这个谁，包括了正在行走的自己。

今夜行走的方式

深夜梦里的景象以一种哭泣的方式令人措手不及,那些刚性的碎裂宛如深夜的花开,割伤了每个期待者的梦境,让凌晨血红地绽放。

这不是我的初衷,但时光迫不及待,放纵了那些被埋葬的铜像,在深夜被星空洗礼,而忽略了月亮的疼痛。在冰冷的湖水里,止痛带来的疼痛比疼痛本身更具有欺骗性,但已只能接受。此处没有菩提树,此处只能回头并逐渐远离。

在西藏，我放下了自己的时光

我们过于在意的过往，也许根本是对于美好生活的想象，那些平白无故的憎恨或者忧伤，也许仅仅代表了一个角度的观望。我们也不能过于在意告别，每一种告别无非是人生设计的网，这时候你需要轻盈如风，带走的只有那网眼的荡漾。不要让涅槃成为重复，也不要让自己受其他所累，把每一次痛饮喝到淋漓尽致，不想举杯的时候一定滴酒不沾。我们不要在意他人的非议，那些情感与德行的绑架与佛法无关，洒脱不是对于人性的遗弃，而是对自己竭尽全力的救赎。

二月

二月，所有的城市鱼贯而过，互相不再缅怀和记忆，那些巷子里，钟表敲打着熟悉的节点，因为喧嚣，听不到回旋。二月，不见鸟儿的轨迹，南方阴雨，北方冰湿，温暖的屋子一片漆黑，手持烛光的人不找方向，而是望着书里的故事走出很远。二月，我没有与众人狂欢，众人在他们的酒席里酩酊大醉，我亦没有与众神寒暄，众神手持烛光在黑暗里为故事赐福，深夜的城市见到了我的打马而过。二月，沉默是起初的花蕊，一切平静如初的不是过往，而是终于停止的反复和破碎，破碎是对于生长最好的解释，尽管有时是一种疼痛，有时只是坐禅时的偶尔张望。

羊卓雍措的奢侈

　　该用怎么样的表达方式来称颂你，羊卓雍措，他们写完了你的神性与美丽，然后转身离去，空留下我，站在雪山，望着你，想要远离，却没有办法，望四周无人，独自跪倒在雨水纷飞的经幡里。该用什么样的表达方式来赞美你，你有神的名誉，却更像那传说里圣洁的公主，那个跋涉了几千里、那个为了他人的理想而背井离乡的公主，像她一样娇柔而坚定地守在天的身旁，云纱是你的晚装，太阳是你的晨衣，大风的求欢和一群鸟的掠过，带不了你的微澜，虔诚者的经诵和路过者的惊叹，扰不到你的平和，该用怎样的表达方式来诠释你对于我这个风尘客的意义，那就是：在你的怀里死去，都是一件无比奢侈的事。

他们在三月

三月，他们和那些冰清的雪一起回到了西藏，据说会有一场桃花开放，但对于他们，琴声里更多的是放歌苍凉。三月，他们和那些囚徒一起进入清迈的殊途，太阳是佛织造的披肩，低头诵经的人围不到七彩。三月，他们还可能在落难的北方，厮守着喧哗的都市，那些近而远之、远而近之的天涯，如一只闭合的牡蛎。

他们在三月，常常去了南方，那里冬的潮冷蕴含着春的芬芳，芬芳是多么俗气的赞美，却是好久不曾瞩目的臆想。

尘埃无须落定

一切尘埃落定，那个叫此名字的客栈，在八廓街古朴的巷道，曾经被我嗤笑。哪里的尘埃可以落定呢？除非没有风，除非根本不是尘埃。但暂时的休憩，如果可以被视作落定的间隙，那一定非常美好。在拥挤的街道，可以看到一只飞行的鸟，平稳地滑过我们的自由。

我们所追逐的风筝，比我们更为坚定地前行，直到我们遗忘了有风筝的日子，和那时渴望过的情人节一起，遗忘的还有未完工的秋千，那把木制的吊椅，此时我们落定在同样的一把椅子上，独自喘息。我们似乎已不再记得，这把破旧的椅子和我们有关，那个关于激情的故事半途而废。

这就是我们的生活吧。我们的喘息在于，我们得蓄积力量，等待下一场大风，再度席卷我们的苍茫。

灰尘之净

那些羽毛编织的笑容,还有清澈见底的想象,在哪儿?像猫一样躲藏,却用了轻得让人柔软的脚步,在哪儿?那钢琴延展的四肢,琴键与手指的碰触,掀开了一夜混沌的雾,灰尘出逃,唯有纯粹与我共渡,在哪儿?那盏初开的花,还有那间盛满情愫的房子,隐藏在星巴克热烈而浓郁的味道下,没有人肯为此穿越。我们轻盈而剔透的时间,已为数不多,却不得不伤感着看它离去,在哪儿?我们的火焰,柴火堆积的火焰,燃着我们不怕疼痛的过往,逐渐清凉的火焰,色彩透明的火焰,找回了我一双干净眼睛的火焰,轻举起我羽毛编织的衣裳,与琴声一起悠扬,摇着我缓缓睡去。

三月,我们与自己分道扬镳

三月,所有的一切,都和每年一样重复,那些开的花,那些等待开花时的倦盼。风抖动着水波,像是抖动着一件久放的衣裳,一地的冰凌,来不及表达就已轻逝。我坐着的地方,树嫩嫩的,绿绿的,怯生生地遗忘繁茂的辉煌,开始逐一表达似乎初来的欣喜,而旁边的鸟,急切地为它唤回记忆。三月,人们柔和地对自己表示歉意,这证明湖泊的太阳还可以感知凉意。在三月,我们与乌鸦和解,却与自己分道扬镳,每个人都看明白了这一点,但却互相不说。

三月，在音乐里安静从容

鸟飞过春天所有的光线，滑过七彩之弧，羽毛轻盈，风轻盈，点滴的雨轻盈，夜静谧，云祥和，鸟儿也不说话，那些经过的山丘与湖光，那些爱着的大海，在它的飞翔之下蔚蓝一片，波澜不惊。那些按捺的光荣，那些无法停歇的风景，让人眷恋而感伤的幸福，如那些奔波劳顿的旅程。

一起孤独，唯有音乐安静坐拥着我们的全部，不能思考的过往，如同每年的三月，花，成海；雨，成幕；叶，成荫；风，成纱。不想夏的热情、秋的丰满与冬的消瘦，只在春天三月，打开音乐，听一只鸟安静地飞过。

让我们谈谈春天的意义

我看到春天来了，不经意间，我的不经意充满了沉默的欣喜，我必不会和孩子一样大声惊叹，那花的娇美，草的嫩绿，那一切都润润的簇新，似乎再大的尘霾也干扰不到它。在这个季节，美好随处可见，声音清脆的喜鹊，好似枯树又泛出的青芽，停止下来的争吵，苏醒后淡妆秀美的湖水，处处有青可踏。我在想，这一年在期许中其实也是不经意的漫长。

为什么要期许呢？好像还不是因为一直惦念，在忙碌的人生之途中我们似乎无暇关注季节交替，但春天里色彩的突然变化让我们发现，原来我们如此喜欢这些反复的重生和艳丽，于是一下就可以豁然。也突然明白，原来我们一直在负重前行。压力是因为我们自己过于在意，但在意的却未必是需要的。我们应带着欣喜和愉悦去努力，而不是茫然若失地不断前行。于是，春天来了，用它不说话的纯净与湿润，为我们的活着沐浴更衣。

含笑等待

一场晴朗注定会洗去浓霾,如果晴朗没有及时到来,那也要做好迎接其到来的准备,含笑等待,而不是在浓霾里抱怨、慌张,甚至逃离。所有的负向情绪会在浓霾处积攒,在晴朗时消散。只有微笑而有益的担当,才是人生路上化险为夷的利器。所以不要抱怨命运的厚此薄彼,不要责怪大自然的阴晴圆缺,上天为一切做了最好的安排。如果你因自己的无知而产生歇斯底里和不感恩的心,那么你不仅会辜负这种善意,而且可能从此掉入恶的深渊。

第八章

珍惜善待
生命中
每一种遇见

母亲是我生命的刻度

即使我走得再远,也不会走出母亲的视野,母亲是我的刻度,使我始终心有归宿;即使我飞得再高,也不会飞越母亲的嘱咐,母亲是我的刻度,丈量着我羽翼所过之处;即使喜马拉雅的群峰,见证过我不停歇的双足;即使穿越沙漠的荒原,迷失过我满目疮痍的疲倦;即使觥筹交错中,我寂寞孑然地伫立;即使俗世浮尘中,我恶浊一身地奔突。

我从未放弃热爱与坚持,因为总有一池花瓣的泉水,等着濯清我骨缝里的沙泥,然后会有云抚慰我的身体,那就是母亲给我的刻度。在她赋予我生命的那一刻,就用精致的美好填充了我生命刻度里的每一小格。

买一本书的原因

许多时候,我买一本书只是因为它的书名,甚至买的时候我就决定不拆封,而是把它放在某一个角落里,等我不小心看到时,它会告诉我:嗨,我过得很好。世上的另一个或者另外许多个我,在做着各种各样有趣的事情。他也许是一个国王,也许是一个乞丐,也许是一个种菜的农民,也许是一个庄园主。我们彼此未知,但互相亲近,而后各自幸福。我喜欢这书名,但不忍打开它,担心内容会惨不忍睹或者晦涩难懂。看封面我就假装知道书的内容很好,我记得并珍惜这些书名和另外一些书带给我的美好触动,就好像我记住了十年前的某一次擦肩而过。

隧道

面对冗长的隧道，我们是该惊艳于它的工程，还是抱怨它的长度呢？当我们批评或评价他人时，我们其实应该多想想：我为他做了什么？他需要我为他做什么？他为我做了什么？我是否在破坏我们之间的和谐？所以要保护好他人的尊严，因为你对过程一无所知；保护好自己的尊严，因为对于你的生命，他人一无所知。

老相片

老相片在我们记忆的墙上，是风景吗？也许我们把它慢慢变成了风景，但它其实是我们记忆中的灵魂，是我们心智中最柔软的部分。我们要用最湿润的布来擦拭它，并且时时跪拜，因为那是我们的生命，生命中的每一个阶梯都由此跪拜而上。

漂流瓶

童年时有一个漂流瓶,是在某一本童话的岛屿上,一股炊烟,一个人和他的船,漂流瓶里也许是个美丽的公主,也许是个被羁押的恶魔。少年时,漂流瓶载满了浪漫与羞涩。每一个少年心中都有一个海边,都曾那样等待着一个透明的笑容。而后来,在巫师指引下,我们把自己装进了瓶子里,慢慢沉入海底。这本是一个神的游戏,却不料捞起这瓶子的人没有开启瓶塞,而是将其珍藏于书柜之上。你要么学会与玻璃瓶一起呼吸,要么努力将其摔于地上,打碎这漂流瓶,那就是你初生的碎裂的声响,清脆如花开的声音。

抵达一个陌生城市的方式

到达任何一个城市或者街道，我唯一不会做的就是东张西望，而是像一个当地人一样搭巴士到一个地方，住下来，然后行走在一条小街，在某一间破旧的饭馆，点一个招牌上的饭菜，不刻意旅行，即使路过也是这般的行云流水，就好像在生命的过程中我从不刻意进取，一直随心而动，随遇则安。好与不好已成了习惯，有困惑也是一念之间，但会在刹那放下。

行走在城市时我常常见到的情形是，智者往往无语，而俗人多问。无畏者们则在唱歌，歌词相互拷贝，一荣俱荣，旁若无人。围观者会羡慕地说：嗨，看这个疯子。

不妄然

不迁怒是成功人士应有的一种德行，而不迁怒的背后有一个词叫作"不妄然"。伟岸不是傲视，而是恭敬于所有；恭敬不是谦卑，而是大同于天下。

自以为是的口舌之快、口舌之争让我们备觉骁勇，甚至天下唯我独尊，可颐指苍穹，尤其是对那些欠我们、愧我们、不如我们的人，更是当面咄咄逼人；对那些我们不知的是非则恨不能全靠想象，添油加醋，拍桌子瞪眼，如身临其境，有理有据；远可指责天下事，近可数说身边人。这就像是一种顽疾，如不治疗，轻则给人留下话柄，重则会忧心忡忡而引发病患。

其实应把世人皆看作善友良师，把敌人均视为陌路他人，不委屈自己，也不委屈他人；不轻言是非，也不妄言定论。即使退一步不一定能海阔天空，但起码心宽一分。

如细沙一般的时间

时间如细沙一般流动于我们成熟的过程，那细柔的流淌里有拥挤、焦躁和不安，甚至是若干次地想要放弃。最后我们回归到自己最舒适的姿态，沙砾的坚硬变得柔软并且轻若羽毛，彼此温暖。在阳光穿越玻璃的透明希望里，我们展现出自己最美丽的曲线，静默在钢琴的欢悦里。

酣睡的快乐

在可以创作梦的屋子里，酣睡是一件甜蜜的事情，彩色的、安静的、透明的星星和雪花会保护你所有的情绪，不让你孤单，不让你寒冷，天使们轻轻拉着你的手直至入睡……现实中大多数时候，我们企盼甚至根本不敢企盼这样温馨的存在，我们的等待与愿望在时光流逝中成了细细的粉末，被风吹散，甚至连蒲公英也不是，无迹可循……于是，我们需要学习画画，并调配梦里的色彩，然后把我们的房子努力妆成我们可以入眠的样子，否则，我们就把夜晚给弄丢了。

如果给我三天黑暗

人们常说如果给我三天光明，但我小时候却常在想：如果给我三天黑暗呢？我曾经试图把自己关在幽闭的衣柜里，然后被捉迷藏的人遗忘，但那样的滋味让我永远都不想再尝试。我可以视一切与我无关，但我始终不敢面对完全的黑暗。没有光线，连想象都逐渐淡去了色彩，慢慢模糊。小时候这个我自以为是的命题没有答案，因为那只是小孩子的想法，可以不负责任的天马行空的想法。那时候童话多得像麦田里的麻雀，再黑的地方都充满了温暖的想象。而现在突然想到自己年少时的这个命题时，我想了很久，最后的答案是，历经三天黑暗是为了三天过后能更好地珍惜光明。可是，如果没有光明了呢？我没有想下去，因为守着当下窗外那璀璨的灯火，我不想考虑那些还未发生的未知。

走进而不是感谢伤害你的人

生命中遇到的每个人都是你的修行，那些喜欢你的人、需要你的人、感恩你的人、利用你的人、背叛你的人、欺骗或憎恨你的人，傲然于你或卑微于你，与你热闹喧嚣或平静相对，皆是如此。不要单纯感谢伤害你的人，认为他给了你成长的经历，这说明不了你的成长。要真正站在他身旁去感知他的动机，也许无奈或者狡诈，也许善意或者恶意。试着去了解他，如同试着了解你自己，去感同身受，然后你才能真正感知自己的豁然。这不是舍身取义，而是以自己的方式洞察黑暗与白昼，然后成就自己的柔和，这柔和是很有力量的，它可以保护你的自由。

有生命的石头

一位纳西族的朋友告诉我，石头是有生命、有家族的，失落于各处的它们没有翅膀，没有手脚，只能借助于水或沙的流动而运动。这种思考让我的心一下子流动起来，如同高山清泉一般，于是请了一些来自云南深处、云深不知的湖畔家庭的成员。我想应该放一个玻璃樽，放一些山泉水，来给它们一个居所。我喜欢万物有灵的说法，逸动的云、飘扬的叶、波澜的水、摇摆的草，世间万物平行，都有自己的呼吸与灵性，并不按照人类的划分而有区别。万物皆可各安其所，我们都应彼此相安以待。

感谢坎坷

如果把坎坷视为挫折,那么就会受伤;但如果把坎坷看作考验,也许就能积极应对。不应把失败归于客观,一定是主观带自己走入了困境。所以要时刻保持清醒,并感谢上天设计的这一场所谓的"灾难"。

相处的方式

我们与他人相处的方式,在保持距离的同时,更应该学会在高处懂得夯实低点,懂得万丈高楼平地起,基础的牢固是守护的根本,在低处也要看到高处的脆弱,不要做锦上添花的卑微,但要给予雪中送炭的温暖。人人皆有神之慧根,都在得失之间。

善待默始

一个朋友问我该如何处理当下的困境,我说宁静致远,善待默始。宁静致远是指感觉越纠结越复杂越要停下来,离远离高了看,一停一顿,一死一生,就有可能出了思路。善待默始是我自己组合的一个词,是指凡事不明就里时不逼问真相,不停滞逃避,越焦虑就越要善待身边的人事物。默始指不声张,静下心来一点一点开始做。许多人的前程往往是被焦虑、担忧和慌张毁掉的,遇到生活的窟窿时不想方法找源头或取利去弊,而是往里塞、堵、扔,最后裂缝撕开,连自己带身边的人被洗涮了个干净。为什么会有许多明明善良却失信或者无信的人,就是这种措手不及的犯错而造成的连环撞车。

新年的第一桶水

西藏的新年,大家要去泉水边打新年第一桶水,以示幸福。我收到过一个藏族学生分享给我的第一桶水的祝福,能够感觉得到藏族朋友们在寒凉里的幸福与欢乐。他们一定是开心地欢笑着跑向泉水,并把新年的欢乐分享给彼此。我把这桶水最为清澈而干净的寓意也分享给每一位看到的朋友,愿它清洗你的眼睛,使你双目明亮,看得全所见所遇;愿它清洗你的嘴巴,使你口齿清香,不虚不妄,言真言义;愿它清洗你的耳朵,使你听尽美好,不入邪音;愿它清洗你的双手,使你手捧玫瑰,自然盛开;愿它清洗你的身心,使你舒畅自由,轻盈如雁。

生活依旧

人生要经历多少事，才可以做到沉着面对艰辛与苦难，不焦虑、不纠结呢？我们所面对的未知或者情绪失衡，有时会让我们感到手足无措甚至恐惧，但其实这些无非是漫漫行走过程中一个又一个的隧道，无非是一种最原始的状态：没有灯光。

面对黑色的洞口我们充满未知的胆怯，这世界上有太多的身不由己，甚至最残酷的生离死别，但这些必经之路我们又不能滞留，我们只能前行，直到点燃心里的灯，闭上眼睛，摸索前行，逐渐松弛。

回头来看，一切已过，生活依然还在前行。

突然想回到西藏美丽的措旁,那是天空之城的积水。我没有船,趁着夜色,听着涛声从远方溢过来,打湿了我的脚,顺便把脚印带走了。

在天空下，我需要一架钢琴，希望它能自己滋生音乐，绵绵不断。这样我就可以踩着音乐前行，不用再体验颠沛流离。

忌匆匆

忌匆匆，不代表不要速度，而是要有信心，包括具备完善的思路和敢于承担失败的勇气，以及认定不会失败的通透。曾经有一个朋友想到了一个很好的商业模式，但是操作方式被我给否决了，类似于一人集资一元，十亿人就是十亿元，结果启动需要一万元，却仅凑够了十元这样的方法。那十元很尴尬，那一万元很遥远，还不如找五个一万元来得直接有效。好的商业模式需要上游设计的匹配和营销人群的对位，内容要经得起推敲，所以我给别人建议一般就是一句话：凭什么，忌匆匆。

梦与已知的所有事件无关

我有一个美好的梦，我不把它放在梦里时，它就不开花，静悄悄的，在我的红酒杯里，以酸涩散去的芳香告诉我一切未知，而我其实已知一切的未知，那些解构的幻境和并不重合的遐逸。

我已知花开的裂疼与花谢的凋零维护着那弥足珍贵的生命，所有的枝繁叶茂不过是花挚守着不肯进入的梦。我已知一切澎湃的汹涌与人群不过是午夜海边的一场聆听。我已知恐惧与寂寞是孩子的敌人，所以我把身体里的孩子放在小鱼缸里，让它与鱼的记忆共同依存，而这些就是那些花必需的肥料，开出的花会把这一切轻松化解。

既已选择，何必纠结

我对遇到的所有人与事，总会站在对方的角度为对方开脱，而关于自己失利甚至受伤的部分也由此愈合。这不是佛系，而是已成的格局里要尽量舒适。物不会说话，撞到你或者凌乱了，一定是你处理得不合理。人会说话，但他的利己主义和你并无区别，而做事方法各有不同。既已选择，何必纠结，难言之隐，不说也罢。

屏蔽的智慧

当我们不可以回避焦虑，就强迫自己屏蔽它。屏蔽不是逃避，而是重新起一个旋律，让这新的旋律引导着它跳起舞来。在这个复杂的时代，我们不需要去做唐吉诃德一般的英雄，我们要守好自己的底线，然后在自己的坝上修一个菜园子。如果懒得种菜，就吹些蒲公英的种子，来年蒲公英成片，也可以成为一道亮丽的风景。

屏蔽喧嚣，走向安心

那天有许多的话，纠葛，笃定，放纵，坦然，便以一场酒做了个顿点。凌晨四点，酒力把我叫醒，我却已经忘了那场酒，缘于何故。另有一些旁人看着风光的朋友，打电话谈及忧伤。有一位问我怎样才能安心，我说屏蔽喧嚣，他说舍不得。许多人舍不得是因为恐惧，其实就是一念佛陀，一念恶魔。又有一位讲了误食烟火，心堕苦难，问我怎么逃。我说凤凰涅槃，既然飞不了，就让自己成为一种气场，在烈火中独享空间。为人的慌张人人都逃不过，但躲猫猫的防空洞还是要有的，有能力就挖八百米，没能力便躲桌子底。最近一直惦念兄弟成子。每年三月，他都会独自进山，寻茶，采茶，制茶。我闻着那茶香，便在酒桌上忘了我，尽管酒桌上聊的是我的事，但谁说又与我有关呢？

若无其事

朋友与我探讨何为背叛，说我们共同视为挚友的一个人，背后挑唆了许多事，而且常常是无风起浪。他问我应该怎么处理，我说就当若无其事。我说曾有一个我视为知己的人，有一天突然很生气地质问我为什么利用他，我很是困惑。他说是我一个好朋友说的。我问他是不是我朋友，他说是。我又问他为什么信别人，而不是信我这个朋友。我说若那人是朋友，他不可能说这伤人的假话，若他为一己私心编了些话，他就不可能是朋友，为什么还要信他？所以若无其事，事事各安，人人各处，不要判断。善者永远不可以独善其身，恶者永远也不会独食恶果。所以老吾老，幼吾幼，一切承担未必求花开花谢，但一切放下当须真乐得自在。

不要让失败的芒刺成为一生的横梁

曾收到一个学生的信息,她回忆了自己考研失败的经历。她说,虽然已经如愿成为公务员,但考研这件事始终像一根刺,深深地扎在她的心里,不知道什么时候才能拔出来。和我聊了一会儿之后,她说发现自己只是想说出来。感觉到她心情正在好转,我便没有再多说什么。

我本来想说,如果想吃苹果,但只有梨子时,不如专心品尝这梨子的味道,然后再去想如何争取苹果,否则上等梨子的味道也会如同嚼蜡。即使得到了苹果,过深的执念和期望也会削弱幸福感,还错过了欣赏梨子的美好,让自己变成一个纠结的人。

暂逛

想着今年自己整理的一本书，书名应该叫作《与自己对抗》。朋友说最喜欢我的第一本书《行走简单》，里面有很多娓娓道来的平常小事。而现在，既不想胡编乱造，又想着许多人和事是不能写的，那些在我眼中如透明一般的世人、世事，幼稚的欺诈争斗，虚假的繁荣正义，躲藏的公允善意，局里局外的巧合和注定。

我常坐在某一处，听人说话，渲泄情绪和渲染氛围；我也常居于某一端，看人说话，背后的隐喻和友善的推托。笑着不一定是和解，愤怒未必是真实，背叛的无奈和关心的乏力相互依存，如同相爱相杀的情侣。

在一间偌大空洞的书店里闲逛，我顺着扶梯上下了好几回，总觉得应该买两本书。但是和一些把书挑好了放在各种挚爱处的小众书店不同，我在这儿找不到一见钟情的欣喜。可能是我的原因，过去的我是闻香寻书迹，而现在却只是暂逛。

出于对书的礼貌和自己的尊严，我还是买了三本。这些书既不高深莫测，也不大家风范。我购买的目的也只是需要带书才显得自己是有欲望的。其实欲望可能也是荡然无存的，否则自己怎么不好好徜徉呢？就好像一个美食家终于习惯了凑合，因为没有什么能允许他再有挑剔的心。

善为上，利为下

做事莫谈值不值，既然做，就做得像个艺术品。与人交往也是，既选之，便信之。若不一心，要么让他跟心，要么弃之。以善为上，以利为下。利益永远集结不了事业，因为没有长远，没有认同，就不可能有文化的积淀。没有文化的事业是没有根基的，没有文化的人是没有品质的。文化不是文凭，而是格局。曾有朋友聊起几个事情的利益排名，我说逐利是不可取的，排名应以人设为主体，有了人设，才有光芒。

周全的善恶

人生断恶修善的过程不在于说了什么，而在于做了什么，不在于做了什么，而在于想了什么，不在于想了什么，而在于说了什么。说赤诚相见容易，但哪又经得起妖风四起？说利他容易，但哪又扛得住欲字相依？所以尽量善，尽量不恶，方为周全。

下笔

许多人一定会改变，没有好坏，只有角色。没有滴水恩也没有涌泉水，滴就是滴，涌就是涌。这个和今晚的饭局无关，只是睹事思人，所以我说必须先看世界被涂鸦成什么样子，才能谈下笔，一切所谓的理想下笔一定画不好一幅随心所欲的画。今晚的饭局是临时决定的，在上千年的文化里考量文化，一边考量，一边思索：自己的文化，该是怎么样的凌绝顶呢？

初心

凡事格局大了，事就小了，纠结于里，反而不能置身事外，所以我从来以舍为得，这和舍得还不太相同。做教育以利为进入的前提，做善事以名为开始的缘由，做企业以投机为赚钱的手段，做商业以不可能的廉价来丰富效益空间，都是狭隘的。把舍和行事的快感当作目的，这才是初心。关于收与不收，要相信，只要心如大海，自然万流奔腾。

还不能放弃努力的原因

只要还有理想与纯净的底线,我们的企图心就会生如夏花之绚烂,死如秋叶之静美,而这样的企图心会在另一种正确的方式下落叶生根。社会的喧嚣,人群的不安,思考的局限,丰满的骨感,不可持久的坚持,欲望指引的行为,都会成为我们的桎梏。一间图书馆又或者一间书店,一间咖啡馆又或者一次出走,都可以是我们在这个世界生存的一份证明,但这份证明的光荣,可能更多地取决于我们灵魂的安宁,而非一时身体的愉悦。所以还是要为各位喝采,那些还在保护灵魂的人们。

晨悟

多少波澜不惊是因为经历了太多沧桑与风雨,多少海阔天空是因为承载过太多责任与负重。你看不到别人的云淡风轻背后有多少血雨腥风,也看不到他人的宁静致远有多少次攀登的艰难。金钱衡量不出人的价值与地位,叫嚣也不会成为气势与优势。凡事张弛有度是指历练的过程,而不是单靠心态就能解决的。

呈现

所有风雪所呈现出的意义,我们是琢磨不了的。当你问为什么要来,为什么要见,为什么要走时,我们对于风雪就已经产生了未知的恐惧。但只要生命如一株草或一只虫,就充满了力量,那就是意义。意义就是因为我们在,所以我们要珍惜每一种在困苦中破茧的可能性。

欣喜于每一次遇见

我们要欣喜于每一次遇见，无论是以何种方式或在何种场景。冲突中的对抗，悲伤中的回眸，落魄时的救赎，辉煌时的跟随，挣扎中的偶遇，我们都要学会及时停止自己的躁动不安，欢喜或者悲伤。在静止中寻找遇见的美好，这是一种契机。你会发现每个人、每件事，都在为你的人生或人生中正在圆满的人设增加福祉，使你更美丽或更勇敢，更柔和或更坚强，终有一日，所有的遇见会成为你身披的织锦，太阳之下，一片霞光。

纪念活着的意义

有些人在不断的自我毁灭与毁灭他人中逐渐消失，有些人在不断的自我成就与成就他人中逐渐强大。前者消失于疼痛、挣扎、卑微，在炉火中灰飞烟灭；后者强大于自在、宏大、无我、无他，处处春风化雨，一场涅槃，然后与天地融合。

某天曾路过郑州

这是之前某一天的事，我在郑州待了不足 24 小时，早晨 6 点便匆匆离开了，走时没有惊动任何人，在火车站找了一家店，喝了一碗胡辣汤，证明自己曾经来过。

朋友林说想与我彻夜长谈，他发了许多老相片，讲了许多事。他在几年时间里与世隔绝，我知道他和我说话时便已放下了不甘与纠葛。之前和几位挚友在一家豫菜馆聊了与信仰有关的话题，我说我更关注的不是我们从哪儿来，而是我们到哪儿去，以什么样的心，是否放下了世俗的判断与成见。之前在另一家豫菜馆，一场缘起于北京的心理学家的聚会，一个关于教育改革的项目，然后聚在临时拼凑的局里，因为是拼凑的话题，聊得有点七零八落，各自散后，又谈了一些教育理想主义者的经营重点。之前我在火车上给刘磊发信息，说想去松社书店坐坐，那个空间以书为界，钵音袅袅，结果才知道书店关了。知道这个消息后，我有不少的失落。

第九章

最后讲一个故事：
孤独的人
都在喜鹊阁

我在西藏八廓街曾经有一间茶馆，叫作喜鹊阁，后来因为各种原因永远关掉了，所以我想放在这里做一个纪念。那里曾经是一个众人云集的地方，我和书梵曾为它写过一首歌，名字叫作《孤独的人都在喜鹊阁》：

行走的人都在喜鹊阁

他们拿着拐杖背着行囊

越走越冷是他们的愿望

无人区的挑战使他们斗志激昂

思考的人都在喜鹊阁

他们喜欢拿着香烟把自己隐藏

想得太多是他们的负担

想少了他们觉得人生无望

喜欢的人都在喜鹊阁

陌生的姑娘总是很漂亮

她的藏辫标志着好奇的梦想

她的靓丽在这阁楼神采飞扬

聊天的人都在喜鹊阁

他们漂在拉萨或者初来乍到

他们的对话各种各样

每个人脸上都充满幸福的油光

发呆的人都在喜鹊阁

也许他是受到了挫折闷闷不乐

高原天堂给了他这扇窗

他慢慢会懂八廓街的人来人往

孤独的人都在喜鹊阁

他们坐在窗内与众不同

微笑和沉默是他们的衣妆

与人群的聊天照样神采飞扬

重要的不是你在干什么

重要的是你在喜鹊阁

八廓街文成公主种下的树旁

这座老楼装满各种惊喜与惆怅

重要的不是你在干什么

重要的是你在喜鹊阁

不要说自己来自哪个地方

也不要问别人去向何方

重要的不是你在干什么

孤独的人都在喜鹊阁

孤独的人都在喜鹊阁（一）

陈杨坐在拉萨喜鹊阁的三楼喝着甜茶，然后发了张图片给我，我第一感觉是鼻子里闻到了他雪茄的味道。这时我正在北京的一间咖啡馆里刚写下一段关于喜鹊阁的文字，旁边的人熙熙攘攘，或敲着电脑，或认真地谈论比特币建立于区块链之上产生的经济意义。

陈杨说喜鹊阁现在也是坐满了人，我马上笑了，我甚至能感觉到那些人晒着拉萨完美的太阳认真慵懒的场景。那些人是奇妙的，与拉萨稀薄的空气不阻挡紫外线一样，他们的欲望、性格也变得简单，不仅对于神圣的追求与灵魂的洗礼一俯到地，哪怕是有私欲的欺骗、敲诈、攻击，也基本不加什么掩饰，但似乎也非常奇怪，授受者等同，倒也有趣。

所以关于喜鹊阁曾经有过两句非常有意思的话，一是"有许多抽着五元钱的烟，谈着五百万生意的人"，二是"带客人到喜鹊阁千万别离开，因为有可能你一离开，你的客户就成了别人的"。这两句针对的是当年许多做小生意的拉漂，僧多粥少，或者是狼多肉少，一直是这一批人逾越不了的沟沟壑壑。

喜鹊阁是八廓街真正的百年老院，门口还有政府认定的保护碑，喜鹊阁里有一口井是大昭寺圈里除了大昭寺井之外的唯一一口井，等等。在喜鹊阁来来往往的人，我总会让他们认真听一下我写的那首歌——《孤独的人都在喜鹊阁》。

在喜鹊阁里有一半是熟客，他们有各种身份，和生客一样，他们彼此见过，但并不会太多寒暄，把当下过得很满，真正轻轻我来轻轻我走。

陈杨是其中一种具有拉萨身份的人。和大多拉漂只有身份证但漂痕严重不同，他是一个精致的男人，抽雪茄，喝洋酒，穿的衣服笔挺合身。他们的企业很大，那里林立着一个孤独自给的商圈，与布达拉宫隔河相望。这标志着他作为一个外来企业的老总，已经取得了某种意义上的成功，他不需要"证"来证明和养活自己。

陈杨所在的山离大昭寺有点距离，他山上有许多咖啡馆和书店，僻静而幽雅。他也不是为了转经和朝拜而来，他今天一定是想享受一下孤独，于是跑到了喜鹊阁三楼喝甜茶、晒太阳。

喝着甜茶晒太阳，是在喜鹊阁最重要或者唯一重要的一件事。

包括陈杨，还有几个人用同样的语气告诉我：你不在，喜鹊阁就没有了灵魂。我笑笑，我说喜鹊阁的灵魂是阿佳和我的藏族朋友们，是那甜茶和太阳。

如果把喜鹊阁写成电视剧的话……我经常会这样想，想到这儿，总是有一种淡淡的忧伤，似乎是一个老人在回想自己人生中最遥远的那个部分。他得躺在藤椅上，四周是金黄的午后秋叶，他的目光越过所有，散漫到空间里，这时的空间不会再有任何俗世里的障碍或者吸引，人、事、物都不存在，就是空间，有淡淡的风，连一架飞机也不会飞过。

孤独的人都在喜鹊阁（二）

世界上的每一个人都充满美感，带着瑕疵，这种生命的均衡如果你能找得到，你就会发现，这场生命的规则会变得充满意义和有趣。

有朋友说我在喜鹊阁交往三教九流，对自己不好。这是他的善意，我理解，所以随合，但对于所有人，我依然微笑着示意：坐，坐下，请坐下；酒，喝酒，请喝酒。

而作为喜鹊阁的一分子，我的角色是一个阁主，所以不能局限于谈笑有鸿儒、往来无白丁，而且更重要的是，越接触每一个人，越觉得每一个人都是来为我做洗礼，来做我的老师的，于是更让我诚惶诚恐。

情售曾说想把我的书放到一个书店，供读者读。情售是喜鹊阁的熟人，长头发，扎着辫子，混迹于游客和拉漂群，常一个人一壶甜茶默默坐在那儿，名叫"禽兽"，其实很羞涩。

情售热衷于介绍他认为相似的人相互认识，比如给我介绍写诗或者做公益的人。他是流浪到拉萨的，然后靠卖给游客文玩过生活，有一天没一天的，一段时间很颓唐，所以看到他，我就总招呼他一起吃饭。能看出他其实想做一些事，但没有途径，也没有钻营的头脑。在拉萨，像情售这样卖文玩却过得身上没有值钱文玩的，可见日子从没大好过，卖一件过两天，还是拮据地过。但这同时也说明一点，他一定是个有故事的男青年。拉萨每个人都有故事，但一般彼此不问，各修各行，他们中许多人素质很高，深藏不露。在拉萨，不要轻视任何一个人，每个人都有着各种可能性。比如可爱的扎西活佛，曾经是个蓬头垢面的转经小孩，常与成子他们嬉戏晒太阳，后来成了转世活佛，各种才华加持。

喜鹊阁的常客，许多是一个阶段来一次，或者是一个阶段天天来，但也有一些是基本上天天都来的，比如我的朋友老刘。不见老刘做生意，他也不弹吉他，不写游记，没露过什么手艺，就是喝酒，十年如一日。下午他常一个人在喜鹊阁喝茶，晚上则四处喝酒，只是喝酒。

十年左右，老刘住的客栈里人走了一茬又一茬，唯独他常待着，背着个背包，晚出晚归。同客栈的人说：从没见过他走，也没见过他回。他不叩拜，但我认为他是一个修行者，修心修得平静，面容平和。许多人叫他"老爷"，不是他有胡子显老，估计是因为他有那种"老爷范儿"。

老爷长得斯文体面，收拾得干净整齐，家在上海。根据我的判断，他应该曾经在上海过着小康的生活。他从不说，我也从不问，所以我的歌词里有一句：

重要的不是你在干什么
孤独的人都在喜鹊阁
重要的不是你在干什么
孤独的人都在喜鹊阁

秋天我走时他送我，陪了我三场酒，大醉。第二天我发信息：你的故事和我说吗？他说：不讲了，一心喝酒，一心转寺，再讲很累的。

孤独的人都在喜鹊阁（三）

秋天的告别很像叶子的金黄开始泛起，热烈中有点忧伤。十月离开拉萨的时候，我先去看了我特殊学校的那些孩子们，他们是我的另一群老师。每次去见他们，聋哑孩子的舞蹈和盲童的音乐，他们的快乐就像拉萨的云一样自由。

我在拉萨有许多朋友，他们真挚、纯净、善意，无论政府要员、喇嘛活佛、文人雅士、生意人、为各种事情流浪的拉漂，或者匆匆而过的旅人。如果有一天写小说，他们应该会鲜活地跳跃着，唤醒我那可能会沉睡的灵魂。

但现在有许多记忆只能放在那儿，不能写出来，许多并不是秘密，但似乎也不能写，生生死死，分分合合，人性、神性、魔性，飞蛾扑火或不断涅槃。我想以后我可能会有一本小说，把所有的空间次序打碎，让所有的人面目全非，移花接木，就能免得对号入座的尴尬或无休止的揣测。

在喜鹊阁坐着，有许多人和我探究过人性的善恶、生死、本源，结合着他们自己的生活，他们的痛苦、痛哭、憎恶、厌倦。诉说完之后，他们会在我旁边逐渐安静下来，像个婴儿。婴儿具有我们能够想象到的所有美好与干净，但我们总是在追寻中与最初的自己渐行渐远。

我劝过哭泣者平和、放弃者坚持、自杀者活着。我劝的方式就是彼此一起坐着，放空、喝茶、晒太阳。学会出入自由，置身事外是懂得拉萨的一种境界。记得我认识一个叫熊二的朋友，离开拉萨时他反复拒绝不让相送，发信息给我说没什么可送的。走之前很长时间，他由于出了车祸吊着半个膀子在喜鹊阁三楼每天陪我晒太阳，很少留下吃饭，然后有一个瑜伽教练在他晒完太阳后会扶着他穿好衣服回家。他离开拉萨也是这样，来了，走了，不多说。

这种独处人格的人在喜鹊阁不算少数，他们维护着自己的尊严，在人群中游刃有余却独来独往。像我所认识的一个叫贰楼、一个叫阳的朋友，骑着摩托车在各地环游，忽而没有钱或者累了便闪现在西藏，下一天则可能在喀什或者热河。他们在喜鹊阁偶尔做些高端的古玩生意，来维持自己的骑行。贰楼长得瘦小斯文，坐那喝茶也喝得安静，一般人很难想象他是一个跨车走天涯的汉子。阳是一个掰手腕高手，据称所到之处国内外无敌，但也并不爱喧哗与展示。

低调是喜鹊阁的品质，所以我喝茶喜欢在三楼，三楼僻静，虽然喧哗的人都聚在三楼大平台上，但对于我，就是一种僻静。

孤独的人都在喜鹊阁（四）

喜鹊阁是一个百年老院，后来遇到了卓玛阿佳，开始有了生机，而卓玛的姐姐卓嘎阿佳则用藏族人本质里的度母心把它经营成了一间具有人间烟火的天堂之地。卓玛、卓嘎阿佳称我为合伙人，其实我所投入的那些与她们的善举相比，只是一种随喜而已，这里的收益九成都助养了一批德格的孤儿。

喜鹊阁在复原时是按照藏文化中最美的元素缔造的，工艺均来自萨伽工匠手工制造。喜鹊阁二楼的石壁与木梁彩绘，尤其是门窗的设计，在当年曾是八廓街上最耀眼的标尺，后来这条街许多建筑的外观改造均对其有所参照。

三楼有两个平台，一个在三楼佛堂雅舍外，摆着桌椅，可以喝茶晒太阳；一个高一些在雅舍对面，也就是厨房以及前后院门厅上方房的屋顶。有一个停用的小煨桑炉，院子里类似于天井的上空齐齐挂着数十条经幡，迎风荡漾着阳光，是许多摄影工作室的取景点,一天十几拨。我曾经写过一个告示,希望某些摄影工作室的人能够尊重这个私人场所,哪怕不买十元钱一壶的茶,也应该向辛苦维护这地方的藏族同胞微笑打个招呼。

但我们的努力终究没有说服随着周围高房租而膨胀起来的欲望,没有什么能够阻挡财富的力量。喜鹊阁也会消失。正如卓嘎阿佳说的:毛老师,不要难过,一切顺缘吧。

孤独的人都在喜鹊阁（五）

喜鹊阁的合伙人卓嘎阿佳是一个非常有智慧的人，卓玛阿佳也是，两个人身上都有一种类似于人们常说的贵族气质，但表现力迥然不同。

有人问卓玛阿佳什么是贵族，她笑笑，她和我说没有什么贵族，人和人是平等的，但修养与气质决定了每个人所呈现出来的格局。

卓玛阿佳一家都是具有情怀的企业家，她爱人是著名藏香的非遗传承人。她把情怀与商业结合得非常好，近些年一心忙于修行，四处奔波做了许多的善事。

卓嘎阿佳原是国有大酒店的老总，退休后操持喜鹊阁的具体事务。她热情善良而且谦和，许多拉漂都认为她是像度母一样的人。她总是特别照顾那些不容易的"流浪"青年，经常给予其免费或者低折扣待遇，让他们感受到家人的温暖，这也是喜鹊阁独有的文化所在。我常想什么叫有信仰，念经跪拜传道或者论法追溯只是表，而在行事中潜移默化着善与爱，看不到信仰却被自带的光环所吸引才是本。所谓大隐隐于市也是这个道理。

我特别喜欢磁场定律，也就是人以群分，尤其是在没有利益瓜葛的情况下，人与人之间相互吸引、聚合，而后又产生出相同的能量，使磁场更加牢固。

在喜鹊阁善意满满的空间里，每一个藏族的工作人员也把这里当成了家，所以我常自豪地说，我有一群藏族家人，而且来自藏区各地。

除了卓嘎阿佳，喜鹊阁阿纠承担了许多干活和张罗的责任，帮了我很多事。阿纠名叫次仁边巴，阿纠是哥哥的意思。阿纠长得憨厚忠实，曾经在楚布寺开车。一次他带我们去楚布寺，上上下下，果然是回家的感觉。后来家里出了变故，他就跟随着卓玛阿佳工作，十二年始终如一。

另一个大家也叫阿佳的是日喀则的潘多,待了六年多。她丈夫曾经是这儿的厨师,完全不懂汉语,休息时常站在楼梯口,见我便很腼腆地笑。潘多是日喀则人,应该能歌善舞,但却不太爱说话,也许只是对我。喜鹊阁的家人都叫我毛老师,很尊敬,忙前忙后,但我有一次悄悄看下面,她们几个打闹时就像一群孩子。

潘多的老公离开后,接管的大厨叫普穷,负责面食的女孩叫普赤。普赤常在厨房里待着,我没有太见过。普穷手艺多样,除了藏餐外,他还做过许多川菜,连四川人都赞不绝口。而普赤做的土豆饼也已经成为阁里美食。

有许多人在喜鹊阁获得成长。曾经负责熬茶的德格女孩雍措在喜鹊阁工作八年,后来回德格结婚。雍措特别羞涩,茶熬得好喝,她走之后,有半年喜鹊阁的甜茶味道都不稳定。一个叫琼吉的阿佳恢复单身后在喜鹊阁工作六年,在这里认识了现在的爱人,然后辞掉工作回了家乡。还有唯一总和我开玩笑的嘎玛,一见我就大声叫:亲爱的毛老师,您需要什

当那些美好的随心所欲逐渐沉积于带梦的想象，我们开始清澈似水，如天地一般纯净，而后缓缓展开想象的翅膀，跃入天空最蓝的深处，迎风飞翔。

借着大地和天空的力量，一滴水忘记了前世来生，只希望自己这一刻睡在自然的花香里，通体清澈而透明，然后在晨光的七彩中缓缓逝去。

么？她1998年出生，锅庄舞跳得特别好，但卓嘎阿佳有规定，不允许她们去舞厅，她们也一直遵守着这个规定。后来她在这里找到另一半步入了婚姻殿堂。

想起他们时，我是笑着的。于我而言，这些可爱的人们才是真正的西藏元素啊。所以他们说我走了喜鹊阁就没有了灵魂，但又怎知喜鹊阁不是我的灵魂呢？

孤独的人都在喜鹊阁（六）

韩迟对我今年的送别充满了仪式感。韩迟说：你要把喜鹊阁的筷子带一根走，我也带一根。他把筷子塞进了我口袋里，并郑重地拉上了衣服拉锁。

我说二十年后，我们在一个其他城市，你拿一根筷子，我拿一根筷子，然后对暗号：清云盖惹萨，雪山镇羊湖。哇哈哇哈，原来你也是喜鹊阁的人呐。

韩迟是位艺术家，他的女友也是。他们是喜鹊阁的另一种风景，或者说他们代表了我想象的顶尖手工艺匠人的素养，赋予了喜鹊阁不可或缺的元素。他们俩都是画家，然后才是塔罗牌大师、饰品设计者、皮匠。他们有一个品牌叫"萨度"，两间萨度店对望两个人的时光。

韩迟像一位老上海的匠人，戴着洋气的鸭舌帽，守在喜鹊阁一层第一间小屋里，在他挂满手工皮具的皮艺作坊里细细地雕琢和打磨着他的作品。人来人往,波澜不惊,一口洋酒,一口烟斗,他就进入了自己的安静状态。他的店禅意很重,寓意美好:萨度。他的女友在斜对面开了另一个店"萨度·秀",她和韩迟一样,或者更甚,总是一个人坐在店里的二楼,画画或制作。两个人的方位是完全无法对视的,但这种默默传神的状态让人嫉妒。他的拉布拉多狗杰哥则保持着孩子一样的萌态,在他们中间融入另一种快乐的风情。

所以每次韩迟让我喝一杯时,我喝完也不多待就走,害怕他们的这种理想状态会灼伤了我。我写了一首歌《孤独的人都在喜鹊阁》,他有心要自己唱,我很欢喜,因为他虽然不多表达,但我知道他对于这个老院的依托孤独而温暖。

萨度是巴利语 sàdhu 的音译,意思为好的、善的、善巧的、有益的、值得赞叹的。

又去阿里时,韩迟送了我折扇一把,他的书法逸趣。当时我们正为这个老院终于的结果彼此伤感,但又默然相悦。

我觉得扇子的大概意思是：心法这个存在没有太多的预见性，只能凭借智慧走向鸟语花香，不要在意你的位置，只需从容感知自己的想要。

在许多人以梦为马的日子里，心法似乎成为一件奢侈的事情。尘世的喧嚣让人们来不及把一切思考清晰，恐惧和茫然便已经簇拥着我们，把我们推向了人群。在人群里，在那些鼎沸的谈论或者激奋的口号里，我们彻底关上了夜的门，连欲望都被我们逐渐忘记。

那匹以梦为马的马，那匹在浩瀚的草原或者大海上带我们驰骋的马，它纯粹的颜色和厚实的毛发打动了我们的追随者。我们自己也是一袭长袍，天色湛蓝，阳光清爽。我们把那匹马放在了早晨之前一首音乐的栅栏之内，不让白天的白惊扰了它的力量，让它以夜为安。

分别那天，我俩聊到了在各种混沌中的无能为力，我们不想改变他人，却也不能独善其身，在红尘中融入妄图大隐，然而红尘却像一个怪兽吞噬着我们。我说我要走了,再回来可能就在狮泉河边看残垣的日出日落了。韩迟说:咱们这种人永远不要失去"幻想"。他又愤怒地发了文字给我:谁也别想动我们的"幻想"!这口气很像铁丝曾经喝醉后的"表演":去你的世界!

我们谈到了快乐的本源,谈到了回不去的童年,谈到了高更的出逃与归来,谈到了旁若无人的烂醉中的清醒,与十万个人看我们的好奇、诧异甚至憎恨的眼神。

我们守望着我们的纯粹,然后看着纯粹的崩溃。当我们被众生画像,望着那种稀烂的笔法,冲动地想要告诉别人真相时,却在某一夜或者一个小时之后保持了缄默。

孤独的人都在喜鹊阁（七）

铁丝在尼泊尔，非常开心的样子，编织的银饰也丰满了起来。我想也许他那异域的样子、不愿安分的倔强以及沉默于世的妥协，更合适于那里。铁丝不只是我的朋友，我还把他当兄弟，他也是，他并不擅于与人为亲，除了我，独行惯了，难免被人视为另类。

有几年在喜鹊阁，他大长卷发，有轮廓的脸形，牛仔般的装束，有一种特立独行，我却看到了他骨子里没有去处的痛苦。去了在别人面前的狂妄与张扬，他在我面前像个孩子。

有一次离开西藏时我告诉他，如果剪了一头长发他会是谁。据说在一次尼泊尔的狂欢中他让人剪了头发。一次在喜鹊阁我们正喝茶，一个女孩突然走过来说：记不记得我？你让我剪了你的头发。我看到了铁丝一脸茫然。

剪了头发，他果然不再是著名拉漂。他的短发使他不能再吸引关注,这让他在当年异常安静,极少有大醉,开始琢磨自己的肉夹馍,然后就是安静地吹迪吉里杜管,那声音悠长而自威。

没有变的是,和他以往做任何事情一样,他直接把自己放在了一个世界里,旁边有人,旁若无人。

一干人在喜鹊阁的天台听他。一干人里,有立足拉萨的老拉漂,有各种背景的贴金者,有路过拉萨混入圈子的炫耀者,有晒太阳的吃瓜人。许多人在录视频,而他已经在自己的世界里到了远方。

他并非无所事事,他其实有很多故事。逃婚,修道,学医,银饰手艺人,肉夹馍大厨,旁门乐器爱好者,然后才是流浪的标签。他并非不想突围,所以才会活得肆意而张扬。

在这一代拉漂中,他更像一个符合这一身份的小众电影。影像人老张曾经跟在他身后,酒后、半夜、河边、八廓街、宇拓路,拍了无数的场景。我知道很难剪辑,因为他是一个在自己精神世界里共同狂欢、独自寂寞的人,向着太阳,漫无目的。

曾经有一次,他喝了酒,陪我转寺,什么也没说。临分别时,他张开手臂对着天激动地说:毛毛哥,我想看看老天他能把我怎样。我说哪有什么老天,都是自己的虚妄。

我喜欢看他用一种极度夸张的渲染方式自负地表达。我看得到他的内心,我喜欢他这种创造一个世界来保护自己的样子。单纯而无畏。

他曾经总是躲在自己的云里。他臆想了自己的云,然后躲了起来,却不知道该怎么下来。铁丝可以用眼睛直视拉萨的太阳,坚定而狂热。他总让我想起老崔的一首歌《快让我在雪地上撒点野》。神经错乱,思路清晰,也许这是这个世界的问题,他却将其归结于自己的孤立无援。

他让我想起了我少年时代的逃亡和面对死亡的酩酊大醉,想起了蓝院的不羁的创业伙伴和四散逃离并各自安息,想起了西直门内小街那个院子和我的学生们。激情四射，而后禅定于斯。

他曾经有一次给我发信息表达他的思考："毛毛哥，我每天去跑步的时候都会有新的技能或者天赋解放出来。我们长大的时候去跑步，很自然地先迈左腿，右腿跟进，左腿是探索，右腿像锥子。婴儿蹒跚学步第一步是迈左腿的，我感觉先走左腿的时候是一种平静的观察，右腿是一种目的。跑步有种方式是行散，全身放松后内脏的上下移动会带动肺自动呼吸，呼吸是一种声音而不是文字或者命令。用棉花堵住耳朵后跑步，进气的时候会发出呼的声音，出气的时候会发出吸的声音……当第一步走对了后坚持下来就能看清生活的迷雾了。以前明白了不为什么的开心，最近学会了不为什么的忧伤、喜悦、愤怒……情绪就变成了感觉，再也不用去控制什么了。有一种思路就是没有因为和所以，如果你在想因为所以，就会进了一个圈套，其实什么用都没有。有一种思维就是如果是真的，那就应该是这样子的。我最近在河边跑步的时候又开发出了'跑酷'，就是你跑着跑着跑通了，就直接跳。那么高的台子，我一下就跳过去了，就一下就跳过去了，感觉以前还会想着会不会摔倒什么乱七八糟的，那会儿就是直接就跳。"

我喜欢他这样解剖般的思考和燃烧似的表达，这让生命变得有具体意义，而不是与欲望反复纠缠。但这个年代，若选择远方，这种思考似乎已另类，许多理想似乎已道貌岸然。

孤独的人都在喜鹊阁（八）

一个朋友冬天去拉萨，我托了寂寞和阿文去接。冬天的拉萨已经很冷了，游客稀少，但我的一些朋友还在那儿坚守着。

许多人问我，那些人、那些没有太多生意的人待在拉萨到底干什么？我说晒太阳，他们说就这？我说是，偶尔出去走走，然后继续晒太阳。喜鹊阁就是我的太阳晒场。

人们来西藏的目标各不相同，但最后回忆散尽，如果他们留下来，并不会是因为艰辛之美，而是因为休憩之安。而那些匆匆掠过的人们，也许是带着一身伤情，只为向人说明挑战的英勇。

有些人为旅行而来，计算着时间，赶着景点，在大量本来也不知所谓的诱惑下似乎想走尽天下，其实尽失天下，最后一句慨叹，西藏不过如此，为何他们会为此停留。

他们不知道认识西藏其实不是在路上。认识西藏，须先认识酥油茶、牛粪、晒太阳、经幡、风马旗、打阿嘎，你可以没有信仰，但你一定要学会相融。当你眼中的一切开始有了生命，你才有可能真正懂得西藏的意义。在这体验的过程中，你不必看淡生死，但须学会从容。

所以一定要带着善良和愿意停留的心坐下来，而不要急着赶路。那些啊啊啊的惊叹，都比不了坐在喜鹊阁平台上看远方一束伫停山顶纹丝不动的云。

所以我让寂寞与阿文去接，因为寂寞与阿文都带有纯净之心，不为物喜，不以己悲，这种纯粹在如今已越来越少。

孤独的人都在喜鹊阁（九）

寂寞，其实是季末，一个豪爽讲义气的女孩，让人一眼就觉得可以信任。刚认识一天，知道我在特校有公益活动，她二话不说马上参与。我不在拉萨时，她还主动地替我送物资过去。

寂寞做许多土特产与工艺品的批发，与老汤、熊二为一个圈子，有生意，有生活。老汤常告诉我又炖了一锅肉，邀我去喝酒。在拉萨，有条件的圈子经常在某一个人家里炖肉拼酒，喝多了有的圈子唱歌，有的圈子打牌，有的圈子继续喝，这是除了腻在一起喝茶之外增进感情的最有效方式。喜力是我认为做圈子做得相当好的，组高大上的林卡去喝酒，喝完了再去他的酒吧加深一下了解，新人旧人一个林卡就熟到了一个圈子。而寂寞则负责把她圈子里喝多了的人送回去，主要是老汤。十多年的拉漂老汤曾经辉煌过也帅过，现在长得似乎像个糟老头子，喝酒、打牌、炫耀、炖肉，经常一大圈人在喜鹊阁三楼吆五喝六一下午。如果喜力像个幕后大佬，老汤则更像个江湖好汉，有钱时一掷千金，没钱时一掷百金。他经常喝多了给朋友们介绍我、介绍喜鹊阁，尤其是那首歌《孤独的人都在喜鹊阁》，他说这十多年唯有这首歌让他有了共鸣。

这里主要是写喜鹊阁，所以不多写其他人和事，但喜鹊阁作为一个聚集地，确实是可以由此看到一个小社会。拉漂们似乎总是各自独立着，但又避免不了抱团取暖，聊以慰藉。也有许多在圈子外独自晃荡，有的是寂寞，有的是孤独，有的在观望，但常年的拉漂互相认识，于是经常看到人和人或者群和群互相打个招呼，然后各为各阵，也或者看到某个人坐在某个桌但并不参与太多。

比如情售常在三楼发呆，挂一脖子玩物的光头常在二楼喝自己的茶，还有一个藏族加措常自己拿几罐啤酒，一边卷着自己的烟。还有一个叫五块哥的，总被人当笑话聊。他在衣服上印了拉萨五块哥，吆喝着东西五块五块六块不卖。再问多钱？答曰五十。还有一些是来找机会融入或认识拉漂的，每个人的故事都不相同。

有一些圈子的人是偶尔来，有一些是常态，日日舒，月月舒，年年舒，但无论来或不来，只要与他们说喜鹊阁，都或多或少有些情结。

孤独的人都在喜鹊阁（十）

一个下午，韩迟和我聊英雄主义、孤独、情怀，以及等着喝我的五粮液，我们聊得激动而寂寞。他是努力在压抑中平和、在现实中突围的战士，曾经一次与我喝了大酒准备再去下一场，但他女友轻轻一句别去，他抗争了一下，然后就妥协了。我告诉他，我理解你。有了这流浪中的相濡以沫，他已安定地漂泊，可以在行走中修行了，无须再跌宕起伏，所以我很少去打扰他，只站在三楼看着他的店，知道他在默默做手工、默默喝酒就好了。

我问他晚上吃什么，他刚煽情地说喜鹊阁的一碗面、喜鹊阁的两个菜，又说卓嘎阿佳头一天路过进去没说话就走了，客人提醒他他才知道。情绪刚到他却突然笑了，他说你知道吗？有人说喜鹊阁又有了一个别称：拉萨情报局。

我笑了，喜鹊阁倒真是有这样的功能，西藏出台什么政策了，哪里发生什么重要的事件了，哪个明星来西藏了，哪个旅游线路又被开发了，谁手里有免费的演出票了，等等，以上种种消息均可在喜鹊阁知晓。

许多游客在喜鹊阁待上几天就成了卖货者，朋友圈刚开始还云高、湖好、人纯，等快回去时便天天在发带货广告。我就认识许多来一趟拉萨不仅没花钱还赚钱的朋友。

因为在喜鹊阁你很快便能知道拉萨能有什么商机，而且能认识一二三四级的代理商，四月份卖鲜虫草，八月份卖鲜松茸，平时就是一些干货，加上牦牛肉干、藏红花和黑枸杞，构成了拉萨土特产供应链，然后蜜蜡、绿松、唐卡、文玩，加上旅游组织、带队，基本上就是拉漂们的生计来源。

在喜鹊阁三楼，闲人多，即使有人聊生意也是闲聊。二楼就不一样，会经常看到有一些明显互不认识的人约在这里，要一壶甜茶，低声沟通，有的掏出一大堆土特产和文玩珠串，有的拿出地图规划行程准备去跋涉或游历，有一年有一群人在二楼现金几十万买天珠就被人传说许久。

这些历史或故事，在喜鹊阁，你总能听到。

孤独的人都在喜鹊阁（十一）

和设计者艾鑫在喜鹊阁第一次见面时，他是跟着朋友蹭我的饭局，一头黄发，开始不说话，偶尔一句很张扬。熟识后，他经常趁着灯红酒绿掏出手机，眉飞色舞地给我看他画的中国故事，是那种中国元素的动漫技法，加以自己对故事的想象与扩展。据说他获过国际大奖，但这不重要，重要的是他可以陪我喝酒，他可以一直喝到客栈然后继续喝，天昏地暗。

他常和朋友说我俩是在顶端的，这话挺吓人。不过，我还是偷笑的，我像他那么大时，也是一身"无敌，是多么寂寞"的傲骨的。

入世后，艾鑫是个艺术老师，可能还有各种头衔，但我们很少聊西藏之外的话题。我很少把世界搞得混沌，比如喝酒谈事、赏月谈情、拜佛许愿、人鬼情未了。在西藏许多人有不愿言说的前生，他不说，你别问。就像我那歌里说的，重要的是你在喜鹊阁，别问他来自哪里，去向何方。

后来有一次，我和艾鑫在上海见了面。上海入骨的冷让我穿着北方冬天的衣服都觉得刺激，他光着胳膊腿穿着拖鞋，像夏天出来吃宵夜的广东仔。为了见我他通宵赶完稿早晨飞回上海，还给我发了一个提着红色塑料袋晃荡的出发模样，却一直睡到几近半夜才约我。

这次艾鑫的头发居然是黑色的，让我很不适应。之前的若干年他的头发五颜六色，唯独没有黑色。

他很"记仇"，我居然不知道。那两天在上海他一直絮叨着我赶他走的场景，绘声绘色道：你们知道吗？毛毛那时候很拽，不待见我。在喜鹊阁吃完饭，和一群人走，他唯独告诉我你别去了。他居然只扔下我一个，还当着所有人的面毫不客气。

我被他讲得很不好意思，硬生生回忆了一下。那次是带着朋友们去特殊学校看我的孩子们，车上坐不下了。我说你断章取义啊，他又絮叨，说去学校你居然把一个美术老师扔下。他爱絮叨，一见我就说他要在我朋友面前假装高冷，结果他把这话也絮叨给了我朋友。我知道这些絮叨是因为我们关系好，他平时是孤僻的，所以才会家在广东、教学在广东，却常飞回上海躲在公寓里。

他是个很好的设计师和画者，充满灵动，人也具备艺术的纯粹性，所以他和我再亲近，仍像少年对大哥，彼此没有不适。他因为没钱买票，徒步22天进藏。现在一天一个五公里。而见我时特意要洗澡以表示重视。

我们的关系升华是因为有一天他拿出了自己创作的一个山海经系列延续篇，我当时给了他一个评价：艾鑫是一个用自己证明自己的艺术行走者，青春与才华四溅。那天他说要画一组故事，讲因果，讲善恶，我估计最后他也要讲六道轮回的法门。他的画技精湛，画风犀利，内容尖锐，是我在许多年前的偏好。比恶更恶，比善更善，拿一柄剑，肆意妄为。有天有梦，见伤人之人，但依然茶来，无嗔无怨，无畏无欲，眉宇间依然谈笑有风生。朋友问我若不锋利，如何证明活着，其实活着根本不需要证明，往高处看，往往是放下屠刀，立地成佛。成佛不是为了诵经，而是为了心有方寸，却对世界了然。

孤独的人都在喜鹊阁（十二）

又到了 11 月，突然想起了 S。S 病重的时候，托他的父亲告诉我，说希望我能去看看他，我没有赶得上送他。他的妈妈说他一直在念叨我，说我如果在他会安心些。S 是我的学生，他在喜鹊阁自己给自己封了一个学生的称号。

有一年秋天，他骑自行车进的西藏，在二楼喝茶时坐到我旁边搭讪。我当时正在和两个喇嘛朋友闲聊鸡蛋和鸡的先后顺序，他一直在听，留了我的联系方式，然后就走了，再没有见过。后来他甚至去了阿里，回了江苏后，他买了我的书，并且总是找我聊天。我是一个并不擅于在手机上长时间对话的人。他问到过信仰，问到过生死，问到过亲情，唯独没有说过自己生病的事，所以到现在，我一直觉得很疼。因为他找我问许多问题时，我打了许多的禅机，他说他懂了，我就没有再问，我怎么也没有想到，一个如此热爱生活的 96 年的孩子会这么快地离开这个世界，而我居然没有来得及和他好好说一次话。

有一位年轻朋友的爱人一直有抑郁倾向，总在痛哭，这位朋友便天天陪她来找我说话和喝茶。在喜鹊阁三楼，他们很安静地晒着太阳，看着她慢慢好起来，我也慢慢地觉得安心，虽然仍有担心。

许多人来到拉萨，带着他们的目的，却忽略了一点：这是一座安放灵魂的城市。那些不敢面对自己的人来到了这里，怎么办？那些不敢在红尘中搏击的人到了这里，发现可以逃避一切，然后待下来，之后再回到红尘的时候，怎么办？

在喜鹊阁喝茶的许多人，有的因为逃婚，有的因为破产，有的因为被最亲的人背叛，有的因为亲人出事，有些在这里过得也很痛苦，然后终日饮酒，有些则已经消失在了过往，有些后来还是离开了。面对一片狼藉的生活，有些人学会了应对，有些人学会了妥协，也有一些人选择了再次离开。面对生活，有多少人能够在重要的关口理智而清醒地看明白未来呢？

孤独的人都在喜鹊阁（十三）

阿文有一个朋友也是每年喜鹊阁的常客，穿着汉服，留着长发，经常撑着一把巨大的扇子，或者是一把伞，很像《琅琊榜》里走出来的人物。

一次回拉萨，铁丝约了一个新朋友叫野子的到喜鹊阁，一米五几的纳西族小孩，背着一个一米五的包，很沉，一包的饰品，还有一个铜钵。野子有着黑色黝亮的肤色，自己每天画了不同的图腾在额头。她长期漂泊于三亚和各种适合漂泊的城市，酷爱瑜伽与冥想，充满想象力，在湖边瑜伽，用想象力做饭，味道不错。后来野子得了一场重病，几乎危及生命，最终抢救回来，但是失忆了。之后突然有一天她给我发信息说：我记得你，谢谢你的喜鹊阁。

有些人就此成为候鸟中的一员，偶尔飞回喜鹊阁，见了并无太特意的问候，就好像多年不见但仍熟识的老友，见面时只需抬抬眼皮，互道一声："回来了？""嗯。"

小乐告诉我，哥，人写得多了，但喜鹊阁的人真的是像串珠一样。我意识到，也许他是告诉我，该结尾了。小乐曾经拥有一间叫"尘埃落定"的客栈，我总笑他说，尘埃落不定，风吹又复生。小乐是第一个与我探讨喜鹊阁那口井的人，为此我专门了解了那口被封在暗处的井，并寻找了它的所在，使它重见了天日。

人来人往，但只要喜鹊阁的阿佳还在，阿就还在，那口井还在，喜鹊阁就还是喜鹊阁。可以喝到荨麻汤，吃到土豆饼，尝到最正宗的藏式火锅，品到第一锅青稞美酒。

故事有很多，突然不想再回忆了。冬天，拉萨所有的节日在燃灯节后会做个一年的终结。我的喜鹊阁也有了自己的终结。我至今仍会想念我远离它的那种落寞。

结束语：别了，喜鹊阁

喜鹊阁在 2022 年正式消失于八廓街。和这个世界上我们每一个人的经过一样，消失是常态吧。即使依依不舍过，终究也会在一个波澜里变得不惊。

我刻意没有回去，就这样再见了，喜鹊阁。

如果生命不疲倦，我怎么敢用心伤感

如果生命不疲倦

我怎么敢用心伤感

那些疾跑的风

守护的无妄与不肯妥协

拭干每一座城市的温度

使我总是悲伤离去

如果希望不延缓

我怎么敢极力远望

那些刺骨的冷

冰冻的激荡与无所畏惧

销毁每一个终点的警告

使我总能再次站立

如果幻觉不重叠

我怎么敢轻易放弃

那些循环的路

熟悉的坎坷与四季迭度

放弃每一次怀疑的停伫

使我常感探险迷雾

如果太阳不黯然

我怎么敢轻易睡去

那些晒伤的身体

杀死的肮脏与惴惴不安

复活每一分婴儿般的肌肤

让我于是倍感喜悦

如果，总有一种刺穿真相的死亡

能清退我的衰老与蹒跚

我并不在意我的身处与愧对

但我不会让魔镜或天眼将我臣服

打碎被束缚的恐惧

哪怕它划破我的咽喉也在所不惜

有着阳光沐浴的日子，鸟语花香，海水泛潮的声音在悠然回旋。眼睛难以触及之处有着我们不知道的剧情，那里放着心，如花儿般在悄然开放。

在所有的想象里，我们也许失去了自我，也许获得了自我。